巨蟲來襲

藍色水銀 著

天空數位圖書出版

序

　　從 2011 到 2016 年共拍攝了六年的昆蟲，拍壞了兩部相機，超過二十四萬次快門，拍過一百多種蝴蝶，一百多種蛾，數百種昆蟲，但最愛的永遠是那隻暗紅色的善變蜻蜓，算是對它們有小小的認識，不過，那些所謂的自然科學不能套用在這本小說裡，因為完全遵循正常的理論，就無法寫下去了，所以，有些部分會比較誇張，與事實相差甚遠。

　　把自己非常喜歡的昆蟲變成書中的怪物，只是純粹好玩，並不是討厭它們，相反的，現實中的我非常喜歡昆蟲，偶爾會讓跳蛛、瓢蟲、食蚜蠅、蜻蜓、金花蟲等在我的手上爬，就像《羅德愛玩蟲》那樣，可以用非常近的距離看著它們，而昆蟲只是把我的手當成樹枝在爬或停留罷了，不過，不是每一種昆蟲都適合喔！例如椿象會噴出臭死人的味道，不管怎麼洗，還是臭，尤其是這兩年在台灣惡名昭彰的荔枝椿象，曾經看到小朋友把它當成金龜子，下場是直徑五十公尺的範

圍都聞得到臭味，真是嚇死寶寶了！而螞蟻會咬人，我想，那種痛實在很難忘，倒不是我讓螞蟻在手上爬，而是在公園小瞇一下，然後開始這裡痛那裡痛，最後才發現一堆螞蟻在小腿上爬。大部分的蜘蛛會亂竄，以上這些最好都別嘗試。

之所以沒再繼續拍下去，除了因為拍攝必須耗費很多時間之外，昆蟲數量越來越少也是原因，有時候出去半天，只看到那幾種最常出現的，而且不一定有漂亮的角度跟背景，久而久之就越來越不想拍，除非，那天我可以天天往大雪山或清境農場跑，否則，就會一直偷懶下去，況且，現階段必須一直寫小說來養家活口，真的抽不出時間去拍照。

習慣了半夜敲鍵盤，但最近開始有個困擾：耳鳴，一直持續不斷的高音，不是單音，是類似和弦，非常惱人，所以只好借助音樂把耳鳴蓋掉，幸虧現在的工作室不會吵到鄰居，問了醫師結果是沒有答案，找了高手按摩穴道，暫時解除之後，結果聲音更大了，真的是火上加油啊！好久沒聽邰肇玫的歌了，雖然她的作品曾打動我的並不多，《心痛的感覺》算是很有感的一首，如果聽蘇芮唱的版本，感觸更深，她成

名的時候我只是個高中生，只隱約聽出部分的痛，現在已經年過半百的我，回頭仔細聆聽這首歌，除了痛還是痛，心痛！林志炫也唱過，但因為他太想駕馭這首歌，反而讓高音的部分失去了情感，不過他的《單身情歌》卻表現的非常好，《你的樣子》是我最喜歡的，高亢的鼻音衝上腦門，有種說不出的無奈。這幾年已經很少聽新歌了，只增加了：大壯《我們不一樣》、刀郎《衝動的懲罰》、張棟樑《寂寞邊界》、范逸臣《放生》、阿杜《有一種愛叫做放手》，黃義達《那女孩對我說》是聽了蔡恩雨的翻唱才開始聽的，雖然這些歌也都滿久了，但對我卻是全新的，就像灰狼 Lobo《Stoney》，是 1973 年發行，但我在 1987 年時才首度聽到，從此喜歡聽他的歌那樣，我不在意歌曲是否老了，我只在乎我喜不喜歡，就跟喜歡貝多芬、蕭邦、舒伯特、韋瓦第那樣，即使經過了百年以上，他們的音樂還是那麼動聽，不是嗎！？

藍色水銀

目錄

壹：恐怖實驗室   1

貳：雷擊大爆炸   7

參：巨蟲初現   13

肆：救援隊   19

伍：消失的農田   25

陸：破繭而出   29

柒：遠離棲習地   35

捌：人蜂之戰   41

玖：肉蠅末日   47

拾：X 光室   51

拾壹：突變跳蛛   57

拾貳：追捕   65

拾參：恐怖寄生蜂   71

拾肆：巨蝶肆虐   79

拾伍：肉蠅大軍   85

拾陸：失控貨輪   91

拾柒：大樓倒塌　　　　　　　　99

拾捌：天敵現身　　　　　　　　105

拾玖：無敵巨蟲　　　　　　　　113

貳拾：高峰會議　　　　　　　　119

貳拾壹：城市下陷　　　　　　　125

貳拾貳：攻占全球　　　　　　　129

貳拾參：費洛蒙的誘惑　　　　　135

貳拾肆：生化小繭蜂　　　　　　139

貳拾伍：巨蚊再現　　　　　　　145

貳拾陸：真相大白　　　　　　　153

後　記　　　　　　　　　　　　157

壹：恐怖實驗室

　　會議室裡，八個人在開會，投影機將會議要討論的項目秀給眾人看，標題寫著：無蟲害農作物。

　　「德申，你來報告吧！」董事長蔡玉君說。

　　「是，董事長！這個計劃的目的在於開發出新一代的種子，利用對昆蟲有害，對人類無害的毒素，提高農作物產量，方法包括新農藥的研發、昆蟲的研究、種子基因改造三部分。」董事長特助賴德申說。會議長達數小時，但他們還沒忙完。

　　「阿清，去新社的實驗室。」蔡玉君跟賴德申上了一部黑色的賓利。

　　「是，董事長！」駕駛阿清是個三十多歲的帥哥。

　　「徐志勇博士那邊的團隊搞定了沒有？」蔡玉君問。

　　「連同徐博士在內，有三個博士，分別是化學博士、昆蟲博士、植物博士，每個人有兩個相關科系的碩士助手，另外還有全天候的保全跟餐飲人手，全都照您的要求。」

　　「什麼時候開始？」

　　「實驗室的設備已經訂購，預計十天內會到，其他的事都已經就位。」兩人在車上談了許久的公事。

「董事長，到了。」阿清說。車子停在一大片的溫室前。

「不知道董事長會來，志勇還在忙，衣服髒了點，還請見諒。」徐志勇博士渾身髒兮兮的，手上全是泥土。

「我今天來，是有重要的事跟你討論。」

「我們還是進屋裡談，等等會噴新農藥。」

「如果你的計劃成功了，全世界都會買我們的種子。」

「董事長請放心，已經有初步成果，相信很快就可以進入量產階段。」徐志勇非常有信心。

「成本呢？」

「這個也請董事長放心，只要傳統方式的一成。」

「很好。」

「農藥的部分，必須等李雅芬博士來，我不知道她的進度到那裡了？」

「沒關係。」

「黃一明博士還在馬達加斯加，下星期三回來。」

「他去忙什麼？」

「那裡有很多特有種的昆蟲。」同樣的，他們談了許久。

「一切都要拜託徐博士了。」

「食君之祿，擔君之憂，這是我該做的，也是造福人類。」

「等你的好消息，再見。」

「再見。」

送走了董事長，徐志勇戴上防毒面具，回到溫室內，卻被眼前的情景給嚇呆了。

「怎麼會這樣？」看著滿地的果蠅屍體，至少有幾萬隻，他自言自語地，此時另一個戴防毒面具的人比著到外面說的手勢。

「智華，怎麼了？」兩人走出溫室脫下防毒面具，徐志勇問。

「溫室有破洞，應該是老鼠咬的，成群的果蠅被成熟芒果吸引，然後你們剛剛在開會的時候噴灑農藥，就這樣了。」

「你們的昆蟲實驗室什麼時候開工？」

「已經找了三十個學生或農民幫忙，等黃一明博士回來的時候，樣本就差不多足夠了。」

「很好。」

「對了，這批農藥不能用，你看。」他拿著一片葉子，葉子上布滿一個個小洞。

「腐蝕性怎麼這麼強？」

「李雅芬博士跟著黃一明博士去馬達加斯加，等他們回來再說吧！」

「等等找人來，把溫室的植物全部處燒掉，土壤也全換過，務必讓實驗謹慎完成。」

「那要好幾天。」

「換就是了。」

「了解，還有別的事嗎？」

「沒有了。」

智華回到昆蟲實驗室，他盯著一個三十公分寬，二十公分高的透明盒子，裡面三隻翠綠色的毛毛蟲正在吃葉子，那是紋白蝶的幼蟲，他把頭抬起，百公尺長的走道，左右都是黑色角鋼置物架，總共十排的角鋼置物架，上面放了數萬個相同尺寸的透明盒子，有些則尺寸較大。

「唉！這麼多盒子，只有兩個人，怎麼忙得過來。」智華嘆了一口氣，自言自語說，卻沒注意到身後的人。

「那你最好現在就開始紀錄。」

「是妳啊！慧美，嚇我一跳。」

「原來我比毛毛蟲可怕。」

「別糗我了，妳覺得還需要多少人力？」

「至少十個吧！」

「這樣一組也是要負責四千五百個盒子。」

「沒辦法增加太多人了，我聽表哥說公司的錢已經燒一半了，再不量產，可能會倒閉。」

「妳表哥是誰？」

「董事長特助賴德申。」

貳：雷擊大爆炸

　　三十個學生或農民陸續將抓來的昆蟲送到昆蟲實驗室，它們暫時被放在最大的幾十個透明盒子內。

　　「兩位博士，你們可回來了，要怎麼分配？」智華問。

　　「一個盒子十隻，體型要相當的。」黃一明說。

　　「那要四十五萬隻耶！」智華有些驚訝地看著博士。

　　「對啊！懷疑嗎？」博士卻很篤定看著智華。

　　「沒有，只是確定一下。」智華的表情有些失落。

　　「什麼時候可以到達這個數字？」

　　「放心，沒有天敵又在可控環境，只要兩代就夠了。」慧美說。

　　「那就麻煩你們了。」

　　「我們要增加十個人紀錄、餵食。」智華說。

　　「董事長答應了嗎？」黃一明說。

　　「還沒，文件在這裡，你簽名才能通過。」慧美遞上資料夾。

　　「還要增加他們的宿舍、電腦？」

　　「不然呢？」慧美說。

　　「這樣要增加很多預算。」

「你不增加也無所謂，反正我們兩個如果做不完，死的是昆蟲跟你的研究，又不是我們。」智華說。

「年輕人，成功是需要付出代價的。」

「我覺得這跟代價無關，這是小學生的數學，四萬五千個盒子，如果只有我們兩個，每個盒子需要兩個月才能紀錄到一次，即使增加十個人，也要十天，也就是說數量太多。」

「那就熟練一點。」

「我說的已經是熟練後的狀況，並且沒有休假。」

「好吧！那就照你們的意思，增加十人。」黃一明心不甘情不願的簽下申請書。

紋白蝶、肉蠅、小菜蛾、斜紋夜蛾等昆蟲的幼蟲陸續到位，還有虎頭蜂悄悄在昆蟲實驗室外築巢。某天晚上，雷聲大作，一道閃電擊中昆蟲實驗室，發生了大爆炸，三大桶人造的植物激素被閃電通過之後爆炸，整個實驗室瀰漫著細小的植物激素，並飄到旁邊的溫室，用來實驗的放射線物質也在爆炸後四處飄散。而實驗室裡不止只有這些昆蟲，還有幾十隻白線斑蚊，一隻壁虎在發出叫聲之後，吃掉一隻蛾，然後就躲起來了。

「大家都沒事吧？」徐志勇在宿舍內問。

「沒人在裡面。」李雅芬說。

「那就好。」

「不過很多東西都壞了。」慧美說。

「大家都累了，天亮再清點損失吧！」李雅芬說。

「完了，又得重來。」看著滿目瘡痍的昆蟲實驗室，黃一明臉都綠了。

「現在怎麼辦？」智華問。

「先把規模縮小到三千盒吧！那些燒焦的、有破損的全丟了。」

「了解。」於是智華跟慧美清掉了一萬多個盒子，堆在溫室前的空地上。

溫室的狀況也沒好到那裡，破了許多洞，到處都是燒焦的痕跡。

「董事長，實驗室被雷擊中，需要重建或修補的地方很多。」徐志勇拿起電話。

「我會派德申過去處理。」

「謝謝董事長。」

「人員都安全無事吧？」

「沒事，雷擊的時間是凌晨一點半。」

「好，沒事就好，我要出國十天，由你跟德申全權負責後續事務。」

巨蟲來襲

參：巨蟲初現

　　緊鄰溫室的高麗菜園裡，五隻紋白蝶的綠色幼蟲猛吃，但它們的體型並不正常，已經到達一百公分，巡視菜園的農民見狀，嚇得拔腿就跑，正當他快到家的時候，一隻兩公尺長的虎頭蜂從他背後螫了他，接著飛到附近的大樹下，旁邊有一間廢棄的香菇寮，虎頭蜂群已在那裡築了一個直徑一百公尺的蜂巢。而附近的菜園幾乎全都被紋白蝶的幼蟲肆虐，但因為沒有人巡視，所以在一夜之間，菜園就只剩下泥土。

　　當消息傳開之後，沒人知道發生了什麼事，因為馬路上的監視器並沒有拍到什麼，被虎頭蜂螫到的農民死了之後，被八隻長五十公分的肉蠅吃了不少部位，最後只剩下骨頭跟衣物，一陣強風吹來，全掉進旁邊的灌溉用水溝。

　　「博士，你覺得這些菜園是怎麼消失的？」智華站在空無一物的菜園上問。

　　「被吃光的。」黃一明說。

　　「被什麼吃的？」智華的頭頂正飄著無數的問號。

　　「可能是我們的紋白蝶幼蟲跟小菜蛾幼蟲。」

　　「怎麼判斷的？」智華一臉懷疑。

「你看這個。」黃一明指著地上一顆直徑二十公分的深綠色球狀物。

「這是什麼？」

「毛毛蟲的大便啊！」黃一明雖然很篤定，但智華似乎不相信。

「怎麼可能？」

「你懷疑我的專業能力嗎？」

「不，我的意思是怎麼可能有這麼大的毛毛蟲。」

「我不知道！我有不好的預感。」

　　虎頭蜂巢附近就是台中的五號步道，每天都有不少觀光客，來來往往的汽車惹毛了正在築巢的超大虎頭蜂，一隻虎頭蜂衝向一部白色賓士轎車，車上是一對五十歲左右的夫妻，駕駛一緊張，車子撞上路旁的電桿，安全氣囊爆開之後，並無大礙，他們在昏昏沉沉的狀態下車，卻被一群虎頭蜂攻擊，兩人倒地不起，過了不久，一群超大肉蠅飛來，吃光了他們的肉。五號步道的某處，幾乎沒人會從那裡經過，許多超過一公尺的毛毛蟲往樹林裡面爬，他們準備化成蛹。而在此時，虎頭蜂窩的直徑已經到達兩百公尺，並不斷擴大中。

　　星期六早上，是爬山的人最多的時候，一群二十歲左右的年輕男女，騎著十五部機車來到五號步道，闖進了蜂巢的附近，超大虎頭蜂群立即朝著他們方向飛來，這些年輕人開始尖叫，有的跌倒，有的被螫，全都倒在地上，沒多久就引來數百隻大型肉蠅，把他們吃個精光。陸陸續續又來了一些人，走在最前面的一個小女孩，看到地上的屍體大聲尖叫，她的父親立即跑了過來。

　　「別怕，我們往回走。」他鎮定的拿出手機報案，一手牽著女兒。

　　「五號步道有二十幾具屍體，肉都不見了，麻煩派人來處理。」

　　「你再說一遍。」接電話的人似乎不相信。

　　「你聽見了，五號步道有二十幾具屍體，肉都不見了。」

　　回程中，他勸所有爬山的人回頭，回到車上後，這個男人從車上拿出塑膠繩，綁住馬路兩邊的樹枝，簡單的把馬路封鎖住，寫了一張字條，用膠帶黏在繩子上：前方為兇案現場，請勿通過。然後坐在車上，等待警察。過了十分鐘，一個警察騎著機車來了。

　　「是你報案的？」警察說。

「是的，很可怕，十幾部機車倒地，還有一部賓士撞斷電桿，二十幾具屍體，肉都不見了，我建議你不要單獨過去，說不定是某種怪獸。」

「這裡應該只有台灣彌猴！」

「這裡我很熟，來幾十次了，不過，這次的事件並不單純，你考慮清楚再決定要不要去處理。」他的表情非常嚴肅。

「你說得對，我還是找刑警隊來，死了那麼多人。」

「所長，我看還是請刑警隊來處理吧！記得帶重武器。」員警拿起電話。

「這麼嚴重？」所長聽完覺得大事不妙。

「不是我怕死，而是我處理不了。」

「貴姓？」員警問。

「第一分局，賴德彰。」

「原來是學弟。」

「學長，車上聊吧！我覺得外面不安全。」

「也好。」於是三人在此等了半小時，同時也讓不少登山的人回頭。

巨蟲來襲

肆：救援隊

「什麼事一定要我們出面？」刑警隊長問。

「隊長，我是第一分局賴德彰，十幾部機車倒地，還有一部賓士撞斷電桿，二十幾具屍體，肉都不見了，他們可能遇到某種怪獸攻擊了。」

「離這裡多遠？」

「五百公尺。」

「謝謝你。」

「那我走了。」

兩部黑色轎車開到命案現場，他們還沒下車，超大虎頭蜂群便在車子旁邊飛來飛去，雖然他們是見過大風大浪的刑警，但面對這樣的狀況，也會驚慌失措。

「停！」隊長用手比，要開車的人回頭。

「怎麼回頭？」

「倒車啊！」

「他們怎麼辦？」開車的人比著前車。

「我正在打電話。」

「倒車，回頭。」

「知道了。」於是他們緩緩倒車，並將五號步道封閉。

「報告所長，是突變的中國大虎頭蜂，翼展後約三公尺，我猜附近有個蜂巢，我建議你封鎖半徑一公里的範圍，不然會出大事的。」分局裡，刑警隊長說。

「今天是新社花海開放第一天，要怎麼封鎖？」

「那是你的問題，我只是建議，如果你不封鎖，出了事算在你頭上。」就在兩人談話的同時，電視的直播畫面把所長嚇壞了，十幾隻虎頭蜂朝著花海附近的阿帕契直昇機衝過去，雖然虎頭蜂被螺旋槳打中並攪碎了，可是駕駛是練習生，一時緊張讓直昇機墜毀在向日葵花海中，全程被電視台的攝影師拍下，二十四小時不斷重播。

「那麼大？那麼多？你怎麼不早說。」所長氣急敗壞的質疑刑警隊長。

「我剛剛有說了，翼展後約三公尺。」刑警隊長非常淡定的回應。

「完了，這下慘了。」所長瞬間面色凝重，陷入沉思。

直昇機攪碎了兩隻虎頭蜂後，引來更多的虎頭蜂，源源不斷的飛進新社花海的區域，此時圍觀直昇機的群眾開始尖

叫、狂奔、跌倒、受傷,甚至被螫,新社花海瞬間變成了災難現場,接著數千隻長五十公分的肉蠅從四面八方湧入,一輛嬰兒車上,小嬰兒開始大哭,他的母親已經倒在旁邊,兩隻肉蠅開始吃她的肉,一隻身長三十公分的白線斑蚊飛了過來,朝嬰兒叮咬,嬰兒本能的揮手拍打蚊子,但蚊子已經吸了不少血,接著就飛走了,嬰兒的額頭上一個直徑一公分的紅色膿包,已經沒力氣的他,睡著了。

「派一萬人過去幫忙吧!」國防部長吳開懷說。

「是,部長。」江榮華說。

「榮華,小心應付,幫我叫楊信宏跟余天成進來。」

「坐吧!」兩人同時進了國防部長辦公室。

「我已經指示江榮華率領一萬人去救援,他們明天才會到,信宏、天成,你們等等就出發,務必完成任務,你們還需要什麼?」

「昆蟲博士彭安定」余天成說。

「好,我會讓他在十軍團基地跟你們會合。」

　　當特種部隊到新社的時候，花海上數千具屍體，大部分都只剩下骨頭，那嬰孩奇蹟似的活著，余天成把他抱在懷裡安撫。

　　「怡柔，小孩交給妳照顧了。」余天成說。

　　「好，小心點。」高怡柔身穿迷彩裝，右手抱著嬰孩，左手推嬰兒車走向悍馬車。

　　「指揮官，請救援隊帶屍袋來吧！總共三千八百四十五名死亡，只有一名嬰兒存活。」余天成拿起電話。

　　「這麼嚴重？」指揮官不敢置信，扶著桌子才坐下。

　　「屍體都被一種大型蒼蠅吃的只剩下骨頭，沒辦法認屍，必須請家屬做 DNA 鑑定身分。」

　　「我知道了，我會安排。」

巨蟲來襲

伍：消失的農田

中興嶺十軍團基地裡，一群人在開會。

「指揮官楊信宏。」

「特種部隊隊長余天成。」

「特種部隊高怡柔。」

「救援隊隊長江榮華。」

「救援隊杜雲飄。」

「新社分局刑警隊劉邦耀。」

「昆蟲博士彭安定。」

「相信大家都知道今天開會的目的了，先從目擊者開始吧！」楊信宏說。

「兇手是突變的中國大虎頭蜂，翼展後約三公尺，我猜五號步道附近有個蜂巢。」劉邦耀指著地圖說。

「死者的肉是被某種蒼蠅吃掉的。」余天成把電視台播出來，滿地的屍體，才一會就被吃光。

「是肉蠅。」彭安定說。

「彭博士，有什麼建議？」楊信宏問。

「有點麻煩，要分以下幾個狀況，第一是找到蜂巢並殺死蜂后，防止它們的勢力擴大，因為中國大虎頭蜂在紀錄中，

曾經發現超過十萬隻的大蜂巢，所以找到以後一定要燒掉，不然後果會很可怕，接近蜂巢時虎頭蜂會很兇悍，你們必須全身穿著類似鋼鐵衣的裝備，否則不要靠近，不然就是開裝甲車過去處理。肉蠅就更麻煩了，它是卵胎生的，母體死後，幼蟲會在母體內繼續成長或鑽出，以目前的狀況來看，一個月後會有一百萬到三百萬隻幼蟲，至於高麗菜園的消失，我已經確定是宜創種子公司被雷擊後的突變種，包含紋白蝶幼蟲、小菜蛾幼蟲、斜紋夜蛾幼蟲，所以我們的目標至少有五種。」彭安定播了這五種昆蟲的相關影片。

「報告指揮官，有一大片農田被吃光了，這是空拍影片。」一名少校跑進會議室。

「播出來。」楊信宏說。

「是斜紋夜蛾幼蟲，這下麻煩了。」彭安定說。

「怎麼說？」楊信宏還不知道問題的嚴重性。

「已經開始產下第二代，台灣的農業將會受到空前的打擊，我估計四個月內，它們的數量會超過五千萬，並且吃光它們能吃的，台灣六成的農作物。」

「這麼嚴重？」眾人半信半疑看著彭安定。

「只有一個辦法了，『人造費洛蒙』。」彭安定嘆了氣後說。

「殺死它們呢？」余天成問

「這只能減少數量的增加，無法根治，如果你們人力足夠的話，不止要殺死，還要焚毀，不然幼蟲會變成肉蠅的食物來源，肉蠅的數量會比剛剛估計的多一百倍，就是一億隻。」

「一億？」楊信宏的心頓時涼了半截。

「彭博士，你有製造費洛蒙的人選跟設備嗎？」余天成問。

「找宜創種子公司的李雅芬博士。」

「禍是他們闖的，還要靠他們解決？」楊信宏皺眉頭看著彭安定。

「她是國內唯一有大量製造能力的人才。」

「好吧！也只好如此了。」楊信宏恍然明白事情的嚴重性，他知道災難就要來臨。

國防部派了四百人在實驗室周邊保護李雅芬，也派了三十個化學兵協助她，她自己也找了幾個黃一明的學生幫忙採樣，試圖製造費洛蒙。

陸：破繭而出

　　藏身在樹林中蝶蛹跟蛾蛹終於到了破繭而出的日子，一個長約一公尺半的蝶蛹開始左右晃動，接著從粗的那一邊的正中央破了一條裂縫，沒多久紋白蝶就爬出蛹外，吊在樹枝上，彎曲的翅膀漸漸變直，身體也一直在晃動，此時的樹林，數百隻紋白蝶正在等翅膀完全展開與乾燥，約一個小時之後，它們開始飛舞，並集體朝著養蜂場飛去，養蜂場的蜂箱上，數千隻蜜蜂嘗試抵抗，不過紋白蝶對蜜蜂來說實在太巨大，根本起不了任何作用，只能任由這隻大蝴蝶吸取蜂蜜，其他的蜂箱上也都是有一或兩隻紋白蝶。

　　小菜蛾跟斜紋夜蛾的狀況也很類似，只不過它們的數量比較多，活動時間都在晚上，所以沒有被發現，但因為成蟲的趨光性，所以新社附近的車子開始陸續發生撞上它們的例子，撞擊後，運氣好的人就只是擋風玻璃洗一洗，有些人太緊張而撞毀車子，甚至翻車的，隨著時間過去，這兩種蛾被車撞擊的範圍越來越廣，才兩天的時間，半個台中市跟整個彰化縣都已經淪陷。

　　「為什麼還沒辦法阻止它們？」楊信宏問。

　　「鋼鐵衣需要訂製，明天才會到，而且必須經過測試，我不能派弟兄去送死。」余天成說。

「那些蛾呢？」

「李雅芬博士那邊還沒有消息，目前已經在彰化出現。」

「有沒有肉蠅的消息？」彭安定問。

「已經飛到南部的牧場了，不少乳牛、肉牛受害。」

「這就是我擔心的，已經全面失控。」彭安定搖頭說。

這件事很快被外國媒體知道，他們的記者跟台灣各電視台都來到十軍團外。

「國外的記者都來了。」楊信宏說。

「我建議趁現在警告其他國家，否則會讓台灣在國際的地位降的更低，甚至成為不值得信任的政府。」彭安定說。

「以現在的狀況，紋白蝶、肉蠅、虎頭蜂這三種殺傷力最強，有可能在一個月內飛到中國大陸、中南半島，三個月後，整個亞洲都會淪陷，到時，各國都向我們求償的話，台灣將面臨幾百兆的經濟損失，也就是台灣會停止發展五百年，你願意承受這個罪名嗎？總統可以承受嗎？我現在跟你談的是幾十億人口的食物會被吃光，麻煩指揮官看遠一點，可以嗎？」彭安定語重心長地說了一長串。

「好吧！準備開國際記者會，你來講。」楊信宏說。

記者會上，先播了五種昆蟲的影片還有學名，當然還附上最嚇人的尺寸。

「紋白蝶、肉蠅、虎頭蜂有可能飛離台灣，我希望全世界都能做好準備，不要等到情況失控，那就來不及了。」彭安定說。

「可以說明這些巨大的昆蟲是怎麼來的嗎？」CNN 記者問。

「不清楚。」

「總共死了多少人？」CNN 記者又問。

「我們已經公布了。」

「你們打算怎麼阻止？」BBC 記者問。

「人造費洛蒙吸引蝴蝶跟蒼蠅、把蜂巢燒毀並殺死蜂后，其他的虎頭蜂會保護蜂巢，再一隻一隻撲殺。」

「為什麼還不採取行動？」CNN 記者又問。

「設備正在測試，測試完成就會行動。」

「會不會進入緊急狀況？」BBC 記者問。

「這個問題請到總統府問，我們無權回答」

「如果情況失控，台灣政府會賠償各國政府嗎？」

「這個問題也是總統才能回答的。」

面對各國記者犀利的問題，彭安定是能閃則閃。

巨蟲來襲

柒：遠離棲習地

　　紋白蝶順著東北季風，只花了一天就飛到越南跟寮國的山上，並集體在那裡交尾，之後便到處產卵，整個中南半島很快就全都淪陷。肉蠅雖然沒辦法一次飛那麼遠，不過它們很快就飛到中國大陸沿海，中國政府早已掌握情資，在沿海放了許多生豬肉吸引它們，再以狙擊手瞄準，一隻一隻的殺掉，並把它們的屍體處理掉。

　　台灣的國防部長知道消息後，便立刻通知了楊信宏。

　　「看到了嗎？」國防部長問。

　　「報告部長，看到了。」楊信宏說。

　　「那就比照辦理。」

　　「是。」

　　「天成，你們有多少人？」國防部長問。

　　「七十人，等等就要出發。」余天成說。

　　「怎麼了？」國防部長問眉頭深鎖的楊信宏。

　　「我們需要狙擊手，至少十個。」

　　「這你放心，我可以把怡柔留下，江榮華隊長的隊員也都很優秀，他要找十個人太容易了，對了，我給你一個建議，

每個狙擊手配兩個觀測員，四個助手換槍跟彈匣，十把槍輪流射，這樣才不會過熱，怡柔可以指揮他們。」余天成說。

「好，就照你的辦法。」國防部長拍了余天成的肩膀。

「鋼鐵衣測試的如何了？」國防部長接著問余天成。

「我們用狙擊槍打了一隻虎頭蜂下來，用它的針測試通過了，缺點是很笨重。」

「多重？」

「四十八公斤，而且非常悶熱，通過體能測試的只有二十五人，其他人乘坐裝甲車過去，穿著新式的全身式防彈衣，不過也是很重，有十八公斤，而且小腿以下必須另外穿鐵皮。」

「報告指揮官，虎頭蜂已經將五號步道附近的樹林弄倒幾百棵樹，範圍開始向東勢及北屯方向移動。」情報官說。

「沒關係，他們單獨離巢沒有威脅，而且還會回去，只要宣導人民遠離它們即可。」彭安定說。

「聽說整個東南亞已經被紋白蝶入侵。」楊信宏說。

「那就多做一些費洛蒙吧！」彭安定說。

「要多少？」

「幾萬桶吧！？」

「我們那裡有那麼多設備？」國防部長看著彭安定。

「趕快訂製吧！再遲就來不及了。」彭安定說。

一隻肉蠅往南飛，停在一艘往東南亞貨輪的正上方，沒人發現，之後又有十幾隻飛了過來，它們在途中飛走了，沒有人知道它們會在那裡停下。

小菜蛾跟斜紋夜蛾雖然沒有像紋白蝶那麼好的飛行能力，但同樣順著東北季風，才幾天的時間就已經來到雲林、嘉義、台南、高雄，最後到了屏東，並且很快的在各種農田旁產卵，剛孵化的幼蟲就造成農作物的嚴重破壞。

「報告指揮官，大量虎頭蜂離巢，往西南方飛去。」少校情報官又匆忙跑進會議室。

「派直昇機追了沒有？」楊信宏問。

「只有一架追上，目前在雲林外海邊那一帶。」

「是分巢。」彭安定說。

「可是現在已經十一月了。」余天成說。

　　「話是沒錯，但也許是這裡已經無法擴大蜂巢，也許是產下了不少新的蜂后，萬一飛過去大陸，會很難找到它們，等發現的時候，可能都已經幾百萬隻了。」

　　「天成，你們還是先專心除去這個巢吧！」楊信宏說。

　　「我知道，他們應該已經著裝完畢，我也該去穿鋼鐵衣了。」

　　「小心點。」

　　「謝謝指揮官。」

巨蟲來襲

捌：人蜂之戰

　　由於五號步道的道路太小，指揮官找了六部有裝甲駕駛室的挖土機跟三部推土機，將部分的路拓寬，十部坦克跟二十部悍馬車漸漸靠近，虎頭蜂群立即包圍這些車子，坦克上方的砲手立即用機槍朝它們掃射，蜂群也立即將目標鎖定這十個砲手，不過他們都穿了厚重的鋼鐵衣，即使被螫也不會有感覺，但此時車隊停了下來。

　　「砲手暫時退入坦克之中。」余天成用無線電通知。

　　「狙擊手攻擊。」當十個砲手進入戰車後，余天成再度下令。最後兩部悍馬車，距離約三百公尺，車頂是經過改裝的，只露出了兩個孔讓槍口朝向前，人員則完全在鋼甲的保護，四個人幾乎同時開槍，解決了數十隻虎頭蜂之後，又飛來數百隻。

　　「停止射擊，砲手再當誘餌。」於是最後一部坦克的砲手再度使用機槍掃射，蜂群便瘋狂朝他攻擊，此時他再度躲入坦克，狙擊手一陣射擊之後，坦克旁邊堆滿了虎頭蜂，它們多半只是受傷，無法再飛，但巨大的身軀在地上掙扎著，景象可謂怵目驚心。

　　「最後一部坦克倒車，壓碎它們吧！」於是坦克來來回回了幾次，把這些虎頭蜂壓得扁扁的。就在此時，又有數百

隻虎頭蜂飛來，這次它們被槍聲吸引，朝最後的悍馬車攻擊，兩名身穿鋼鐵裝的特種部隊，拿著火焰噴射器朝著蜂群發射火燄，數十隻虎頭蜂被燒死，屍體掉在旁邊還在冒煙，此時蜂群四散。

「迷你無人機出動。」余天成說完之後，一百架只有手掌大小的無人機開始搜尋蜂巢的正確位置。

「十點鐘方向，距離三百五十公尺，廢棄香菇寮就是目標，蜂巢直徑二百五十公尺。」一名無人機操作者用無線電說。

「坦克能否直接到達？」

「可以。」

「第一部坦克當誘餌，狙擊手評估射擊位置。」

「坦克就位，等待命令。」

「不必了，它們已經把你們圍住。」

「狙擊手就位，只有一部車打得到。」

「第二部坦克準備射擊。」這部坦克配備的機槍是美國製的 M134 機槍，也就是六個槍管，每分鐘可以發射將近萬發子彈的機槍，砲手跟三個副砲手已經就位。

「自由發射,直到槍管報廢。」余天成才說完,第一部坦克旁的虎頭蜂立即死傷無數,坦克也傷痕累累,蜂群有一部分將目標轉向第二部坦克,但由於砲手穿著鋼鐵衣,所以不受影響,直到槍管變紅他才停止射擊,並躲回坦克之中。

「第三部坦克開火。」這部坦克緩緩靠近第二部坦克,噴出火燄,燒死不少虎頭蜂。

「空拍機回報戰況。」

「目前約擊斃一千隻,不過你們的麻煩正要開始。」

「怎麼了?」

「數量無法估算,至少三千隻飛出來了。」

「觀測空拍機暫時離開,所有人準備音波衝擊,塑膠炸彈無人機起飛。」三部無人機飛到虎頭蜂群上方約五十公尺,一位操作員按下按鈕,三部無人機同時在空中爆炸,數千隻虎頭蜂死傷,坦克內的人也都被爆炸聲嚇壞了,其中一部坦克的外部也燒起來,余天成穿著笨重的鋼鐵衣,拿著滅火器滅火,身後兩個拿火燄槍的人對著飛過來的虎頭蜂發射,然而蜂群仍不斷竄出。

「還有幾架塑膠炸彈無人機?」

「六架。」

「給我五分鐘，五分鐘後在蜂巢的六個高點引爆，我們會在蜂巢下方安裝塑膠炸彈。」

「第一部坦克退到蜂巢外一百公尺處。」余天成背著炸彈跟鋼鐵衣，小跑步跑向蜂巢，雖然引來十幾隻的虎頭蜂，但沒有受影響，身後兩人跟不上他。

「你們別過來，會來不及跑的。」余天成用無線電說，此時他已經開始安裝炸彈，花了四分三十秒。

「塑膠炸彈無人機準備引爆，五、四、三」巨大的聲響伴著火花，將蜂巢炸爛，也燒毀，但有少數的虎頭蜂沒有受傷，仍然在巢的上方盤旋。

「空拍機回報戰況。」

「剩約五百隻。」

「穿著鋼鐵裝的當誘餌，把它們引到狙擊手的攻擊範圍。」十個穿著鋼鐵裝的人手拿武士刀朝虎頭蜂攻擊，並且慢慢將它們引到空曠處。

「瞄準一點，別打到自己人了。」

「那有什麼問題！」四個狙擊手又是讓虎頭蜂受傷掉在地上，此時附近的坦克將它們壓碎。

「空拍機回報戰況。」

「只剩兩百多隻。」

「再引誘一遍。」

「它們飛走了。」

「留下一部坦克，一部悍馬車，保護彭安定博士，確定找到蜂后才能離開，其他人收隊。」

玖：肉蠅末日

「蜂巢確定全毀，蜂后也死了。」彭安定說。

「大家辛苦了。」楊信宏說。

「可是有一些飛走了。」余天成說。

「那些不是蜂后，不必擔心，該擔心的是分巢的那些。」彭安定信心十足的說。

「可是還沒找到，不是嗎！」余天成說。

「用重賞吧！我相信一定會有人看到。」高怡柔說。

「談談你們在新社花海的情況吧！」楊信宏說。

「放了一百頭豬，殺死五千三百多隻肉蠅，也全部運去燒掉了。」

「才這麼少？看來它們已經到處飛了。」彭安定說。

「那怎麼辦？」楊信宏問。

「在全國各縣市同時誘殺，最好是每個鄉鎮都有二至三個點。」彭安定說。

「這樣要一千個點，我們沒那麼多人可以指揮。」楊信宏說。

「這樣吧！把路線排好，子彈都裝好，我們這裡跟江榮華隊長那裡應該可以湊足一百個狙擊手，再配四百個人給我，相信可以消滅大部分。」余天成說。

「不行，一定要同時，這樣才能將它們一網打盡。」彭安定說。

「那就只好讓江榮華隊長的人全變成狙擊手吧！也不必助手了，每個人配三十把步槍，一百二十個彈匣，等一下就開始訓練。」余天成說。

「我去跟國防部調槍跟子彈。」楊信宏說。

「他們需要三天才能製造那麼多子彈，槍只有十六萬把。」楊信宏說。

「那就把其他的部隊平均分配到這些點，但由受訓過的人開槍，這樣槍的數量應該足夠了。」余天成說。

「為什麼要這麼多槍？」彭安定問。

「根據我的經驗，這些步槍頂多可以承受八十發子彈，超過的話會不準，而每隻肉蠅都需要三到五槍才能解決，一個彈匣打完，能殺死一隻就不錯了。」余天成說。

「那就四天後的早上九點開戰。」楊信宏說。

「因為每個點只能分配到十人，所以指揮的人就是排長、士官長、班長或上兵，只有幾個重點，開槍的人背對陽光，每把槍只用一個彈匣就換槍，這樣槍管才不會壞，開槍距離一百公尺左右即可，太靠近它們會飛走。」高怡柔說。

「我會把這些重點告訴他們。」江榮華說。

部署終於完成，一千個點，每個點除了十個狙擊的人，還有八十個人背了槍，並不斷把子彈裝進彈匣。

「開始射擊。」楊信宏對著鏡頭，一聲令下，臉書的直播讓一萬個點同時收到命令，也朝著被吸引來的肉蠅攻擊，槍聲此起彼落，外國媒體也轉播了這次的大規模軍事行動。大約過了半小時，再也沒有肉蠅被吸引，每個地點都有數千隻肉蠅被打死或受傷。

「回報狀況。」楊信宏問。

「共發射子彈二千一百多萬發，擊斃三百多萬隻。」

「看來大家槍法都不錯，比預期中的命中率還高。」

拾：X 光室

　　時間回到一年前，中國深圳的一家醫院，在 X 光室外等待檢查的人真的非常多，上百張椅子都坐滿了人，幾隻小小的跳蛛常常在這裡捕食蒼蠅，不知經過了多少代的繁殖，它們的後代越來越大，所以它們的活動範圍就越來越遠，有些會躲在車子上，有些躲在病患的包包裡，於是以醫院為中心，直徑三十公里都是它們的棲息地。

　　因為體型變大了，食量就增加了，所以這個範圍的蒼蠅數量急速下跌，不過，沒人會關心，只有跳蛛會關心蒼蠅變少了，所以它們又再次把範圍擴大，這樣才有足夠的蒼蠅可以吃，並且開始產下可以更大的後代，但還是沒有被人類發現。

　　不過，常常經過 X 光室的還有一種寄生蜂，它們總是來去匆匆，可能是因為部分病人身上的味道，吸引了蒼蠅吧！它們跟著蒼蠅而來，所以它們的後代也因為這樣越來越大，直到身長已經到達二十公分，它們才被醫院下逐客令，用棍子驅趕，但此舉卻改變了它們的習性，它們的活動範圍擴大成直徑一百公里，從此把宿主的種類增加了許多，包括雞、鴨、鵝等，被寄生的這些家禽，體內有數十顆卵，它們孵化

後開始以宿主的體液、器官為食，直到宿主撐不下去而死亡，此時的它們，會撐破家禽的皮膚，然後展翅飛走。

跳蛛群似乎知道 X 光對它們有特別的作用，深夜時刻，它們竟然集體出現在 X 光室，數百隻相同種類的它們，體型還算可以接受，大約直徑十公分，它們聚集在此是為了繁殖，當黑夜即將轉為白晝，它們早已四散，回到各自的地盤。幾周後，雌蛛們產下十多顆卵，這些卵很快就孵化出直徑一公分大的小跳蛛，但它們的食量很大，於是很快就集中在蒼蠅很多的地方，例如魚市場及一些蒼蠅喜歡的地方。

「奇怪，怎麼這幾天沒有蒼蠅？」一名魚販說。

「沒蒼蠅還嫌！」另一名魚販說。

「不太對勁。」

「想太多了。」

「但願是我想太多。」

當他們繼續聊天的時候，幾十隻跳蛛也發現沒有蒼蠅了，於是開始準備遷移，它們分別跳上不同的貨車，躲在角落裡，有些在途中就下車，因為它找到了牧場，牧場的蒼蠅很多，

那裡有源源不絕的食物，有些來到放山雞牧場，總之，它們全散開了。

另一種出沒在這個 X 光室的昆蟲是蚊子，也因為長期受了 X 光的影響，它們的體型越來越大，大到太容易被發現，大約是翼展五公分，不過也是因為大，所以飛行距離較遠，分布範圍很快就變很大，它們不知道經過多少代的演化，最後竟然變成翼展 30 公分的巨蚊，白天棲身在森林裡，晚上則群體出沒，吸一些牧場中的牛、馬、羊的血。

有一天晚上，一個牧場主人喝得爛醉如泥，倒在路旁，一隻巨蚊從他的右前臂吸了他不少血，接著又有十多隻巨蚊飛過來，它們將牧場主人團團圍住，幾乎吸乾他的血，等他被發現的時候，早已經是一具難以辨認的屍體了。

「您覺得他是怎麼死的？」一名警察問。

「很難說，皮膚上總共十八處直徑三公分的孔，沒有外傷，所有肌肉部分的水分明顯不足，帶回去解剖吧！真詭異。」法醫嘆了一口氣後說。

「快來看。」另一名警察跑過來說。

「怎麼會這樣？」法醫看著牧場裡的馬，它們雖然沒有死，但身上都有類似大小的孔。

「是吸血蝙蝠嗎？」警察問。

「應該不是。」

「我應該怎麼辦？」

「找生物專家來吧！」

「這些動物怎麼辦？」

「讓生物專家們去頭痛吧！」

兩個生物專家跟四個學生來到牧場，在馬房四周架設了十多台攝影機，其中一個女學生在檢查影像時發現真相了。

「教授，是蚊子，好大。」女學生驚惶失色地說。

「快找其他人過去。」

於是他們把馬房的燈全打開了，六個人看著眼前的景象全都目瞪口呆，一隻巨蚊正在吸馬的血，仔細一看，十幾隻馬的身上都有一至三隻巨蚊，抬頭一看，屋頂上數十隻巨蚊已經吸得飽飽的。

「快走吧！我好怕。」女學生拉著教授的手說。

「別怕，它們正在認真進食，應該不會理會我們的。」
教授說。

「萬一有其他的巨蚊呢？」

「應該沒有了。」教授比著屋頂說。

「現在怎麼辦？」

「妳馬上聯絡警察跟市長、將軍。」

「然後呢？」

「想辦法研究它們啊！這可是我們的好機會，說不定可
以得到諾貝爾獎呢！」

「我才不要得獎，我只想趕快結束這裡的研究。」

「對了，請將軍多帶六套防護衣來，明天晚上會用得上。」

拾壹：突變跳蛛

　　任何物種都會有個頭較大的傢伙，從 X 光室離開的跳蛛也不例外，放山雞農場裡，數千隻雞分散在山坡上，有些張望警戒，有些低頭進食，一隻跳蛛從樹幹上悄悄來到地面上，它的體型非常巨大，大約六十公分高，身長約二公尺，它鎖定目標後，以迅雷不及掩耳的速度抓住一隻雞，那隻雞還沒叫就死了，跳蛛馬上回到樹幹上吸食，其他的雞沒有發現它，繼續進食。

　　這群擁有特殊基因的跳蛛，終於又到了繁殖季，它們聚集在樹林裡，數量已經高達上千，最大的就是身長約二公尺那隻，最小的體長也有八十公分，這景象任誰看到都會毛骨悚然，也可能會是他最後看到的景象，放山雞農場的主人是一對老夫婦，還有三個員工，他們一如往常把雞趕上山，但今天特別奇怪，雞都短短叫了一聲就沒有聲音了，不到兩分鐘，比較早趕上山的雞都沒了聲音。

　　「阿財，你上去看看是怎麼回事？」男主人對員工說。

　　「好的。」

　　阿財從小路往山上走了約五分鐘，卻連一隻雞都沒看到，正當他停下腳步並四處張望的同時，最大的跳蛛從他背後慢

慢靠近，離他約五公尺時奮力一跳並撲倒了他，只聽到他啊～地一聲後便陷入昏迷。

「奇怪，阿財怎麼去那麼久？是不是打混去了？」男主人對另外兩個員工說。

「應該不會吧！他很負責任的。」其中一個員工說。

「一起去找他吧！」

三個人找了半天都找不到阿財，他們開始大喊。

「阿財～阿財～阿財～」

忽然間，最後面那個人被一隻跳蛛撲倒，兩人回頭見狀拔腿就跑，但他們已經被跳蛛群包圍，幾十隻跳蛛蓄勢待發，兩人在淒厲的尖叫聲中死去。

「糟了，出事了。」女主人聽到山上傳來的尖叫聲之後覺得大事不妙，於是匆忙開車到村長家尋求幫忙。

「村長，我的農場可能有怪獸，我老公跟三個員工上山之後就沒下來，其中兩個還大聲尖叫，那叫聲好恐怖。」

「好，我找幾個壯丁，還有警察幫妳找人。」

　　四個年輕人手拿農用叉，兩個警察則是拿著步槍，他們從農場的山下往山上走，大約五分鐘後，他們發現阿財的屍體。

　　「死了，但怎麼這麼瘦，好像水分都不見了？這死法太詭異了。」一個警察看著阿財的屍體說。

　　「大家小心點，你們看，到處都是死雞。」另一個警察說。

　　眾人四處張望卻沒發現，其中一人抬頭，看到樹幹上十幾對跳蛛正在交尾，其中一隻正抓住農場主人吸食，他結巴地指著頭頂說。

　　「樹……樹上。」

　　警察見狀立即開槍，雖然他們殺死了一些跳蛛，不過它們的數量實在太多，只好逃跑。

　　「快跑，別回頭。」警察大叫說。

　　警察說完便被跳蛛撲倒，他奮力抵抗，不過幾秒的時間，他已經失去意識，其他人的狀況也差不多，其中一人用農用叉大力揮舞，雖然打中一隻跳蛛，但被後面的跳蛛撲倒，另一人用農用叉殺死一隻跳蛛，但跳蛛的體液噴得他滿臉都是，他完全看不見，只能揮舞手中的農用叉，此時只剩一個警察

還在逃跑，其他人都已經成為跳蛛的食物，被抓到樹幹上，
這個警察雖然逃過跳蛛的獵殺，卻因為山路崎嶇不平而跌倒，
滾下山的時候，撞暈了。

「糟了，已經天黑了，怎麼還不回來？」村長開始著急。

「現在怎麼辦？」農場女主人問。

「我們去城裡求救吧！」兩人開車往最近的城市。

「這我得跟主管報告。」農場女主人跟村長跟警察說了
情況之後。

「那就快，人命關天啊！」村長說。

「隊長，麻煩你了。」警察跟坐在裡面的人招手。

「兩位放心，我們天一亮就會大規模搜山。」隊長說。

「你們一定要小心，我聽到他們可怕的尖叫聲後，就知
道大事不妙。」農場女主人說。

「總共幾個人不見了？」

「四個加六個，十個。」村長說。

「這麼多？好，我向上級報告，帶五百人搜索。」

「謝謝隊長,你一定要找回我老公,還有那些年輕人。」

廣場上,全副武裝的五百個警察,全都穿上防彈衣,手持步槍,站在那裡聽隊長的說明。

「等等,我們要搜索的對象是十個人,可能都已經死亡,我們要面對的,可能是不知名的怪獸,必要時就擊斃,不需要報告,十個人一組,開槍時不要誤傷了自己人,出發。」

他們到的時候,救回了昏迷不醒的警察,也找到了九人的屍體,卻沒看到跳蛛。

「隊長,找到凶手了,是一隻大蜘蛛。」一名警察用無線電聯絡,他跟隊友們在那隻被刺死的跳蛛旁。

「好大隻。」另一個警察說。

「大家提高警覺,蜘蛛可能還在附近。」

接著大隊人馬往此處靠攏。

「報告中央吧!看他們怎麼決定,這事我們做不了主。」隊長跟副隊長說。

「不留下來消滅它們嗎?」副隊長說。

「不行,我們沒這個能力。」

看著地上的十具屍體，還有一隻大蜘蛛，農場女主人不禁開始嚎啕大哭，他們的親屬也都跟著哭成一團。

「隊長，你一定要幫我們報仇。」村長紅著眼說。

「我已經跟中央報告，很快就知道結果了。」

「都是我害死他們的。」

「別自責了。」

「天啊！這是什麼怪物？為什麼殺死我老公？」農場女主人傷心地跪在跳蛛屍體旁呼天搶地，她心愛的人已經面目全非，樣子非常可怕。

巨蟲來襲

拾貳：追捕

距離放山雞農場數十公里的一處大樓的會議室裡，一群人正在開會，研究如何追捕跳蛛。

「根據唯一生存者的描述，它們當時應該是在交尾，所以我們必須趕緊消滅它們，如果等它們的下一代出生，我們可能會無法控制後果。」蜘蛛專家李博士說。

「您的建議是什麼？」將軍問。

「它們平常都單獨獵食，這麼大規模的聚集，我也是第一次聽說，它們喜歡吃活體，我們可以用誘餌，然後在它們進食的時候，用各種方法殺死它們。」

「單獨獵食？那不就要派很多組人馬？」另一個軍人疑惑地說。

「沒錯，就是要很多組人，根據我們從現場採集到的雞隻屍體數量，跳蛛的數量應該有 1200 到 1500 隻，我建議你們在這個範圍裡面設五至十萬個誘餌。」李博士指著地圖上紅筆圈起來的位置。

「那不就要五十萬人？」將軍問。

「一組最好超過五十人，而且不能遺漏任何一隻雌蛛，否則我們的努力就會化為泡影。」

「要動員這麼多人？」將軍聽完陷入沉思。

「將軍，我們最多只有五天可以消滅它們，如果它們產下後代，我們要花幾十倍的力量才能控制災情，而且未來的幾十年，都可能還要面對它們造成的災難。」

「這麼嚴重？」

「它們長這麼大，一定沒有天敵了，我估計，超過九成的幼蛛都能夠長大，只要幾十隻雌蛛產下後代，它們就能夠維持現在的數量。」

會議進行了三小時，終於有了結論。

「我跟中央報告後，他們決定照李博士的建議，由我當指揮中心聯絡人，陳萬軍上校全權指揮部隊，全力消滅這群跳蛛。」將軍說。

「這麼多人，要怎麼教學？要怎麼集結？住那裡？」李博士問。

「這您放心，陳萬軍上校會安排的，您只要到場教學。」將軍的話讓李博士非常震驚，因為這可是五百萬人的大型軍事行動。

體育場、學校操場、學校禮堂、大型公園、大空地全都被徵用，甚至連較大的馬路也都塞滿了人，他們來自附近的

省分或城市，有昆蟲系的教授跟學生，有軍人、警察，也有志願參加的壯丁，以及一些退役的軍人，他們聚精會神的看著大螢幕，李博士正在解說如何布置陷阱，何時才是動手殺死跳蛛的最佳時機。當然，體育場裡，李博士在現場示範。

「記得，進食了一分鐘左右是最佳時機，頭部才是致命的部位，不要離太近，它們的跳躍能力是五到七公尺，所以安全距離是五十公尺以上，如果被跳蛛這樣鎖定，往旁邊跑。」一隻跳蛛的模型跟一個人面對面的擺著。

「拿槍的就朝頭部多開幾槍，拿武士刀的要特別注意，砍了之後會有體液噴出來，一定要戴護目鏡。」陳萬軍說。

一場大規模的追捕行動正式展開，只花了四十八小時就集結了將近六百萬人參加，這種效率，恐怕只有被冠上沒有人權的中國大陸才辦得到，如果是民主國家，恐怕連跳蛛後代都長大了也還沒開始行動，那時早已死傷慘重。

誘餌是小羊、小豬，它們被綁在地上，等待巨型跳蛛的獵殺，雖然很殘忍，但也只有這個方法了。李博士帶領的這一組，除了槍手跟持刀的人，還有一群昆蟲研究生，他們離

誘餌約一百公尺，並躲在掩體之內，只由觀察員用望遠鏡及高倍數錄影機監看。

「目標出現！目標出現。」觀察員說。

跳蛛撲向小羊，小羊毫無反抗的力量就倒地。

「等等，等它吸一會再開槍。」李博士說。

「五、四、三，開槍。」約一分鐘後，陳萬軍下令。

跳蛛被數發子彈擊中，子彈穿過身體，接著開始逃跑。

「追。」陳萬軍說完，約四十人衝向跳蛛，直到距離五十公尺。

「停！瞄準目標頭部，五、四、三，開槍。」由於距離近，命中率非常高，跳蛛的頭部瞬間被打得稀爛。

「把狀況發給所有隊長，要他們照這個方法。」陳萬軍對著身旁的副官說。

陸續傳回的消息都差不多，但數量卻不理想，只有一半左右，這讓李博士很頭痛。

「上校，總共多少了？」李博士問陳萬軍。

「只有七百八十二隻，只有估計值的一半到六成。」

「會不會是太靠近了？」一名學生說。

「問一下沒有跳蛛出現那些隊伍，離誘餌的距離是多少？還有，是否確實躲在掩體中？是否大聲談話？」李博士對副官說。

「我馬上辦。」

「您猜對了，有的組別沒有掩體，不然就是在聊天。」

「有告訴他們不能這樣了嗎？」

「已經說了。」

「謝謝，但願我們能夠成功。」

雖然傳回來的數據還不錯，總共殺死了一千一百隻左右的跳蛛，但李博士的顧慮是對的，大約有一百隻跳蛛已經開始產卵，它們現在的行蹤不明，只能等到下一個受害者出現，才可以找到它們。

拾參：恐怖寄生蜂

　　時間回到現在，也就是在擊斃三百多萬隻肉蠅後，新的災難已經悄悄地萌芽。五個年輕人，三男二女，在大甲溪的河床上烤肉、喝酒、唱歌、聊天，最後都醉倒了，他們躺在一顆大石頭上，一隻身長五十公分的蜂飛過來，停在其中一個女生身上，它的觸鬚很長、身體很瘦、黑黃相間，尾部有一根長長的刺，它把腰彎起，用力刺破女生的肚子，其實它正在產卵，過沒多久它就飛走了，它是一隻寄生蜂。

　　當那女生醒來的時候，昏昏沉沉的，只覺得肚子表面有一點點痛，但因為酒的作用還沒退去，所以她並不以為意，她搖醒了另一個女生，兩人就先離開了。

　　被蜂刺破了肚皮，女生在洗澡的時候，低頭發現了一個直徑半公分的圓孔，皮膚不見了，可以看到裡面的肉。

　　「搞什麼？」她自言自語地看著這個詭異的傷口，洗完澡後，她拿出急救箱，用酒精消毒，塗上一層藥之後，用紗布貼在上面，然後背著包包就匆忙出門，她搭上公車、火車來到台北市，最後回到狹窄的雅房裡。

才短短七天，她的腰圍多了三吋，以為自己變胖了，並不以為意，又過了七天，她的腰圍已經大到有點誇張。

「憶文，妳是不是懷孕了？」校園裡，一個男生問。

「你說什麼？我還是處女。」她的名字是憶文。

「可是，妳的肚子怎麼這麼大？」

「我也不知道，最近幾天忽然變很大。」

「要不要陪妳去醫院檢查？」

「我明天會自己去。」

可是，憶文沒機會了，上課的時候，她坐在第一排，後面約二十個學生，教授站在台上，拿起麥克風，正要開口。

「啊～」憶文大叫一聲。

「這位同學，妳怎麼了？」教授問。

「啊～啊～」憶文張大嘴，淒厲的尖叫聲，讓全部的學生都嚇到，全都盯著她。

「啊～啊～啊～」她痛不欲生的表情，實在很難形容，接著就昏倒在地上。

「快叫救護車。」教授拿著麥克風說。

　　但此時的狀況震驚了所有在場的人，一條直徑約兩公分，淡黃色的蟲，從憶文的腹部慢慢鑽出，緊接著約五十條相同的蟲從她的胸部、腹部、脖子、嘴巴鑽出，最後，這些蟲全都圍在憶文的身邊，長度約三十公分，她血流不止，很快就沒了心跳。雖然這些寄生蜂的幼蟲大部分被同學踩死，不過，教授制止了他們。

　　「等等，留一些活的，不然她就白死了。」

　　校園的另一個地方，是昆蟲系教授存放標本跟活體的地方，他跟憶文的教授正在看著那僅剩的三條蟲。

　　「應該是寄生蜂，可是太大了，觀察幾天好了，等它們變成蛹，然後成蟲，就知道答案了。」

　　「要多久？」

　　「很難說，也許十天半個月，也許更久。」

　　「好，一切就麻煩你了。」

　　「應該的。」

　　「會不會像新社那些大型虎頭蜂、肉蠅一樣？是突變。」

　　「非常有可能。」

　　但憶文並不是唯一的受害者，新社的一處養豬場，也發生了類似的事件，受害的是一隻小豬，一樣是淒厲的叫聲，引來養豬場主人的注意，他趕緊走到小豬旁。

　　「什麼鬼東西？」男主人見狀脫口而出。

　　「發生什麼事了？」女主人問。

　　「妳自己看。」男主人指著地上的蟲跟死去的小豬。

　　「啊～啊～啊～啊～」女主人歇斯底里般的不停尖叫，男主人只好搗住耳朵，等她冷靜一點。

　　「別叫了，好嗎？」

　　「好恐怖，那是什麼東西？」

　　「我也不知道！找彭安定博士好了，前一陣子，新社花海那裡不是出現了很多大型的虎頭蜂跟蒼蠅，說不定這些蟲跟它們有關聯。」

　　「你想怎麼辦？」

　　「拿兩個水桶來，把它們裝進去，其他的交給彭安定博士處理。」

　　昆蟲系裡，寄生蜂破繭而出，但因為被關在透明的盒子裡，所以只能爬來爬去，無法飛走。至於養豬場交給彭安定

博士的蟲，它們被關在一個房間裡，飛來飛去想找出路，不過卻始終沒有辦法，它們累了，全都停在那裡休息，四個角落的攝影機拍下了這一切。

「是寄生蜂，沒想到可以長這麼大，而且寄生對象竟然是哺乳動物。」彭安定說。

「我們該怎麼辦？」余天成問。

「很麻煩，只能等幼蟲鑽出宿主，然後殺死，想看到它們的成蟲很難，對了，分巢的虎頭蜂找到了嗎？。」

「已經消滅了，不過，死了三個弟兄。」

「唉！這次的事件很嚴重，我們還有紋白蝶、肉蠅、小菜蛾、斜紋夜蛾的問題還沒解決。」

「費洛蒙的產量一直出不來，所以無法行動。」

「只怕拖久了會變成全球性的災難。」

「沒別的辦法了嗎？」

「有，但是總統可能不會答應。」

「什麼意思？」

「現在兩岸的關係已經非常惡劣，要他低頭跟對岸合作，恐怕有困難。」

「難道要置人民的生命於不顧？」

「你太不了解政治了，天成，有些事，是我們無力改變的。」彭安定一臉無奈。

巨蟲來襲

拾肆：巨蝶肆虐

在中南半島的大型紋白蝶，很快的向外擴張，只要有它們喜歡吃的植物，就會停下來產卵，才一年的時間，紋白蝶的分布範圍已經達到亞洲、澳洲、歐洲、北非各地，只剩下美洲還沒淪陷。

中國雲南羅平的油菜花田舉世聞名，一團接著一團的觀光客，他們今天看到了無法置信的畫面，個個張大了嘴看著眼前的情景，數百隻大型紋白蝶在花海上飛來飛去，它們是來產卵的，停在油菜上後，彎著下半身，有些只產一下一顆卵就換位置，有的則是產下數十顆卵。有的觀光客用手機直播，有的用單眼相機錄影，才三天的時間，幾乎所有國家都能看到這些影片，甚至還上了各大媒體的頭條，街頭巷尾都在討論這件事。

南韓的一處高麗菜園，數千隻紋白蝶的幼蟲，剛剛從卵裡爬出，菜園主人因為有事必須出門一星期，所以這些長約一公分的幼蟲就開始用力的吃，大口的吃，拼命的吃，才幾天的時間，它們已經長達十公分，它們的目標是長到一百公分，很快的，它們就達到目標，並集體爬到附近的樹林裡，爬到樹幹上，最後化成蛹，當菜園主人回來的時候，只剩滿

地乾掉的毛毛蟲糞便，連一片葉子都不剩，他站在菜園中央，雙手插腰，無奈地嘆氣，怎樣也猜不透，到底是什麼吃光了這麼多的高麗菜？

南韓另一處大型高麗菜農場，一名農夫正在巡視，一百公分長的綠色毛毛蟲正在大口大口的吃菜，仔細一看，周邊共有數十條大型紋白蝶的幼蟲，農夫嚇得拔腿就跑，如果從天上往地面看，數千隻紋白蝶的幼蟲已經將大部分的高麗菜吃光。

越南的森林深處，數萬個紋白蝶的蛹蠢蠢欲動，它們正準備羽化成為蝴蝶，幾個小時後，它們全數變成蝴蝶，並開始飛行跟進食。當這些蝴蝶開始飛行，就是養蜂場遭殃的時候，它們很快就找到養蜂場，沒人看管的養蜂場上方盤旋著數百隻紋白蝶，它們等著同伴離開，準備進食。

離開越南的數千隻紋白蝶，往南飛到馬來西亞，在一大片森林裡交尾，它們高掛在樹的高處，沒有抬頭的話，是不會被發現的。第二天，它們已經飛過印尼的雅加達，尋找菜園，準備產卵。

「完了，來不及了。」彭安定看著雲南油菜花海的影片後，嘆了長長一口氣後說。

「沒辦法了嗎？」余天成問。

「只要有幾百隻，明年就會有幾萬隻，更何況已經到處都有，問題恐怕會失控。」

「根據情報，只剩美洲還沒淪陷。」

「那是因為風向不對，等到強風一起，它們就能夠輕鬆飛到美洲，到時就再也無法收拾了。」

「需要通知美國嗎？」

「不必了，如果他們認為可以置身事外，這場浩劫一定會極大化。」

彭安定的擔憂是對的，南韓的那些紋白蝶，趁著風由西南吹向東北的季節，全數飛向茫茫大海，只花了一周就飛到阿拉斯加跟加拿大西北邊，不過，它們沒有停留，開始轉向溫暖的南方，並在三天後到達美國本土，或許它們累壞了，或許沒有，它們停在洛磯山脈的森林裡，只休息了一晚，第二天就失去了蹤影。

「美國跟加拿大已經有目擊者，還拍下了影片，這是新聞畫面。」余天成指著電視說。

「這下真的全面淪陷了。」彭安定說。

「費洛蒙已經開始量產，不過速度不如預期，一天只有三桶左右。」

「已經很快了，現在要做的是對付肉蠅。」

「那要一年後，會不會太晚了？」

「我已經聯絡總統，他已經答應跟中國大陸合作，預計三個月後就能生產出三萬桶。」

「沒想到他會答應。」

「我也沒想到，我猜，因為禍是我們闖的吧！？」

中國大陸的某處，李雅芬博士正在指導一群人，他們正在為量產費洛蒙準備，那是一處軍事基地，許多軍人荷槍實彈，他們顯然非常注重這件事。

「大家好，我是台灣的李雅芬博士。」

「妳好，我是這次合作的聯絡人，陳萬軍上校。」

「蜘蛛專家，李鐵刀博士。」

「化學博士，吳曉倩。」

「有昆蟲專家嗎？」李雅芬問。

「我就是。」李鐵刀說。

「怎麼會派你來？」

「上校，可以說嗎？」李鐵刀看著陳萬軍問。

「沒關係，反正已經不是祕密了。」

「我們這裡除了有大型的肉蠅，還有兩公尺長的跳蛛、五十公分長的寄生蜂、翼展三十公分的蚊子、幾萬隻大型紋白蝶，當然，還有已經被我們消滅的大型虎頭蜂。」

「已經這麼嚴重了？」李雅芬說。

「我擔心還有更多的突變種。」

「唉！太可怕了。」李雅芬低頭嘆氣。

「別氣餒，我們一定能夠把災害減到最輕的。」吳曉倩搭著李雅芬的肩說。

拾伍：肉蠅大軍

　　一列滿載乘客的印度火車，除了座位，走道上擠滿了人，靠近門的地方，因為比較涼快，所以也是滿滿的人，車頂上也有數百人，他們雖然不喜歡這樣搭火車，但因為窮，所以沒得選，二公里外，一部大型的吊車，司機看著手表，他遲到了，所以把油門踩到底。

　　平交道的柵欄緩緩降下，一部接著一部的遊覽車正等著火車通過，上面滿載著十多歲的學生，他們正在校外教學的旅途中，旁邊還有一些小型汽車，十幾部機車，三個小孩，另一邊的狀況差不多，都是一些汽車跟機車，忽然間吊車衝出，像打齡球般的，把這些等待的車子撞開，吊車司機猛踩煞車，但因為失去重心，吊車翻覆並橫躺在鐵軌上，此時火車已經接近平交道，火車司機大罵一聲髒話，立即煞車，但已經來不及，火車撞上吊車，吊車雖然被往前推，但因為重量太重，所以火車的後半部車廂出軌，車頂上的數百人被拋出，運氣好的滾了幾圈，只有皮肉之傷，運氣差的，被火車碾過，連哀號的機會都沒有，就已經變成肉餅，一陣尖叫聲中，靠近車門的許多乘客已經死傷無數。

86

出軌的火車撞上平交道另一邊的遊覽車跟汽車，學生們跟汽車裡的人開始尖叫，他們被撞到翻車或壓扁，才幾秒的時間，部分的人不是死了就是重傷，只有少數幸運的人躲過這場災難。最幸運的是那三個小孩，他們因為站得比較遠，所以逃過一劫，接著哀號聲四起，從空中往下看，簡直慘不忍睹，四散的汽車殘骸，散落在地上的人，有的已經面目全非，有的開放性骨折，有的滿臉是血。

「趕快報警。」其中一個小孩用英文說。

「可是警察局好遠。」另一個小孩說。

「我會騎機車，幫我把機車扶起來。」第三個較大的男孩說。機車發動之後，三個小孩共乘一部破舊的機車，到達了十多公里外的市區，並告訴當班的警察火車出軌的事，警察局跟消防隊瞬間忙碌起來。

災難的現場一片狼藉，但他們馬上要面臨另一個麻煩，一隻大型肉蠅在空中盤旋，找到目標後，立即降落，並開始進食，才不到半分鐘，四面八方就飛來數千隻肉蠅，那慘況有如新社花海事件的翻版，不同的是花海事件的受害者都已經死亡才被肉蠅吃掉，但此時的狀況不同，許多受了傷的人

是在尖叫聲中，眼睜睜的看著自己的肉被吃掉，即使只有輕傷的人也被肉蠅團團圍住，他們只能揮舞雙臂趕走肉蠅。

當大量救護車跟警車來到災難現場的時候，他們都被眼前的景象給嚇呆了，滿地的屍體，只剩下骨頭的屍體，沒有被吃掉的人都是在火車裡面的，他們被一一抬出火車，運氣好的只有輕傷，運氣差的身首異處，或是身體斷成兩截。

被抬出的人裡，有一半以上已經死亡或是昏厥，滿地的屍體又引來數萬隻大型肉蠅在空中盤旋，警消人員只好拿起棍棒驅趕它們。

「別趕了，先救活人要緊。」一名警官大喊。

「可是他們會被吃掉。」

「還有幾百人在火車裡面，我們應該先救生還者。」

「好吧！」

經過幾個小時的搶救，終於將所有生還者都救出，並送往醫院，但那些被抬出的人都已經面目全非，或是只剩下骨頭，精疲力盡的警消們癱坐在地上，他們只能無奈地看著肉蠅吃光眼前的屍體。一個警察拖著疲憊的身軀想趕走面前的大型肉蠅，仔細一看，屍體上還布滿了正常體型的肉蠅，至

少幾百隻，有些人的身上數千隻的一般肉蠅，死狀十分淒慘，一名年輕的警察看著一具又一具屍骨，不禁流下眼淚。

　　吃飽的肉蠅大軍，全都往西飛去，才兩天的時間，已經到達非洲。一隻獵豹，躲在草叢裡，慢慢靠近一隻小羚羊，然後以迅雷不及掩耳的速度衝出，小羚羊死命的逃跑，但它無法躲過死神的召喚，獵豹將它拖上樹，正準備飽餐一頓，不過，一隻大型肉蠅飛到它面前，接著十幾隻、幾百隻肉蠅在樹的上方盤旋，獵豹不堪其擾，只好放棄進食，跳下那棵樹，它不甘心的看著樹上的小羚羊，還有搶走食物的那群肉蠅。

　　獅群這邊的狀況也差不多，雖然牠們是群體活動，不過肉蠅的數量實在太多，就連正在進食的獅王也被肉蠅煩得大發雷霆，頻頻用爪子跟尾巴趕走肉蠅，母獅們見到滿天的大肉蠅，全都趴下，不敢靠近被牠們殺死的羚羊，只能繼續挨餓。

巨蟲來襲

拾陸：失控貨輪

　　一艘大型的貨輪，載了超過一萬個貨櫃，緩緩航行在茫茫大海之中，大部分的船員都在同一個地方：駕駛艙，今天是個特別的日子，小小的桌上擺了一個蛋糕，上面還插了一根造型是問號的蠟燭，他們正在唱生日快樂歌，船長手拿一隻水果刀，吹熄蠟燭，然後切了蛋糕。

　　「祝船長生日快樂！」眾人舉杯齊聲祝福。

　　「謝謝！謝謝大家！」船長拿著一瓶威士忌，一一幫船員們把酒杯裝到八分滿。

　　只有一個人沒有喝酒，他正專心看著眼前的螢幕，然後來回檢查各項數據。部分船員喝得爛醉，躺在駕駛的後方，有的坐在椅子上，船長回到寢室，呼呼大睡。

　　一個船員獨自來到船頭，他看著遠方，一望無際的海，左邊跟右邊也是，一隻突變的跳蛛悄悄地靠近他，大約到五公尺的距離時停了下來，然後奮力一跳，船員還來不及尖叫就已經昏厥，跳蛛就在船頭享用大餐，沒有人發現，直到第二天點名的時候。

　　「少了幾個人？」船長跟其他船員在駕駛艙裡。

「五個，只找到一個，在這裡。」他指著螢幕，就是船頭那一個船員，他已經被跳蛛吸得乾乾的。

「分成三組，每組三個人去找，把整艘船都翻過來也要找，生要見人，死要見屍。」船長說。

第一組的三個人來到船頭，其中一人蹲下去檢查屍體，他將屍體翻成正面，三人都被眼前的景象嚇呆了。

「怎麼會這樣？」屍體只剩皮包骨，就像水分不見了。

「太詭異了。」

「會不會是怪獸？」他才把話說完，就被一隻跳蛛撲倒，兩人想要逃跑，也分別被跳蛛撲倒，悽厲的尖叫並沒有傳到其他人的耳中，因為距離實在很遠。

「怎麼這麼久都沒有消息？」過了半小時，船長說。

「我用無線電呼叫了，三組都沒有回應。」

「設定為自動駕駛吧！我有不好的預感。」船長打開槍櫃，拿出五把獵槍，分給其他四個人。

「小心一點，我們不知道要面對什麼？」船長接著說。

「可以直接開槍嗎？」

「可以，除了自己人，任何會動的都可以殺死，後果由我來承擔。」

「有你這句話，我們就可以大膽面對了。」

「你們三個人不可以分開，每五分鐘回報一次位置。」

「了解。」

「小心點。」

三人不敢大步前進，他們緩慢的前進，直到船長呼叫他們，仍然沒有發現，但無線電關掉時，一滴血從天上往下掉，並打在拿無線電的那人臉上，他把頭一抬，發現跳蛛正叼著一個船員，他立即朝跳蛛開槍，跳蛛將船員放掉，然後消失，那船員的頭朝下，撞斷了脖子，血從腹部不斷流出。

「那是什麼怪物？」

「大蜘蛛！」

「蜘蛛那有這麼大的？」

「可能是一年前，在中國沿海的那批突變種的後代。」

「你是說出動六百萬人誘捕的那些？」

「應該是，大小跟習性都差不多。」

　　「找到兇手了，是大蜘蛛，要小心，它們的跳躍能力很強，至少可以跳五到七公尺。」他用無線電告訴船長。

　　「你們先回來駕駛艙，別找了。」船長說。

　　「收到。」

　　「如果你們看到的是大蜘蛛，恐怕他們都已經死了。」船長面色凝重的說。

　　「確定是蜘蛛，就是這個，它們會把獵物抓住，就像這樣。」船員將手機遞給船長，上面是一隻跳蛛抓住一隻蒼蠅的畫面。

　　「跳蛛？」

　　「是的，應該是中國沿海的那批突變種的後代。」

　　「如何確定？」

　　「它們不結網，逃跑的方式是跳躍，速度非常快。」

　　「看樣子，我們必須死守在駕駛艙了。」

　　「吃飯呢？」

　　「不吃，聽過斷食嗎？人可以只喝水，不吃東西，只要補充維他命跟鹽，我們只剩三天就靠岸，沒問題的。」船長拿起一瓶綜合維他命，遞給跟他對話的船員。

「三天不吃？」

「沒錯，你們一定行的。」船長拍拍他的鮪魚肚。

就在靠岸的前一天，十多隻跳蛛已經蓄勢待發，躲在暗處，隨時準備獵殺最後的五個船員。一個船員已經兩天沒睡，恍惚之間，打開了艙門，走出去，點燃了香菸，深吸一口之後就被跳蛛撲倒，其他的跳蛛緩緩靠近門，並溜進駕駛艙，當船長意識到跳蛛已經近在眼前，立即朝它開槍，那隻跳蛛雖然被擊中，但船長卻被後面的跳蛛撲倒，其他人來不及拿起獵槍，都被跳蛛當成食物。

基隆港內，一如往常，有貨輪、軍艦、郵輪，以及一些小船，一艘郵輪正緩緩駛離港口，被跳蛛攻陷的貨輪以高速衝向基隆港。

「搞什麼？」郵輪駕駛看到失控的貨輪嚇了一跳，為了閃避貨輪只好加速，但他來不及了，貨輪撞上郵輪後半部，巨大的衝擊力，讓許多貨櫃掉入水中，郵輪上的遊客大部分都因為郵輪劇烈晃動而跌倒，貨輪勾住了郵輪，兩艘大船連在一起轉了半圈然後分開，貨輪朝向一處碼頭繼續前進，左邊撞上之後，整艘貨輪左半部開始摩擦水泥，並擦出火花，許多貨櫃掉到碼頭上，但貨輪仍沿著碼頭前進，撞上另一艘

貨輪，並扯斷巨大的吊掛機具，此時貨輪改變行進方向，開始往右邊，接著變成右邊撞上碼頭，幾個貨櫃掉到碼頭上，最終貨輪前端撞上關稅局的大樓旁才停止，旁邊是一艘軍艦，這場災難暫時告一段落。

巨蟲來襲

拾柒：大樓倒塌

　　地球的另一邊，美國加州的沙加緬度市，周邊有許多農田，一個五歲左右的小男孩，在購物中心的停車場上又叫又跳，地面出現裂縫，他似乎覺得很好玩，就更用力的跳，落地時更用力的踏下去，這下不得了，裂縫擴大了，並向北延伸了數百公尺，男孩不知所措，張大著嘴，站在那裡看著裂縫，以為自己闖下大禍。從空中看去，城市的南半邊，到處都是這樣的裂縫，至少數百處。

　　城市的南邊是住宅區，幾乎都是低矮的二樓建築，馬路上多幾條裂縫，其實沒有人會在意，但城市北邊，靠近 NBA 沙加緬度國王隊主場金州第一中心的區域，大樓林立，一部怪手正在施工，忽然間，怪手不見了，整條街斷成十幾截，有的區域陷落了幾十公尺，有的區域則是道路扭曲變形，NBA 球場旁的大樓，一樓是知名的高價連鎖牛排館，莫爾頓牛排館，此時是用餐時間，裡面十幾個客人，這時，大樓發出水泥裂開的聲響，聲音越來越大，客人跟服務生都緊張的站起來，紛紛走到外面，但聲音並沒有停止，大樓東南方的街角陷落了五十公尺，範圍並逐漸擴大，整棟大樓開始往東南方傾斜，這時整棟大樓的人驚覺大事不妙，不過已經來不及，大樓後方的立體停車場，車子紛紛掉下去，有些變成

廢鐵，有的爆炸，但大樓傾斜的角度越來越大，終於倒向旁邊的州政府辦公室，並壓毀了辦公大樓的後半部，也削掉了聯邦銀行的部分牆面，辦公桌椅、電腦、冰箱等滑向東南方後，擊碎了玻璃，許多人因此掉出大樓，在尖叫聲後落地，死傷慘重。但災難不止如此，這個區域共有七棟大樓傾斜或倒塌，畫面很快就傳到世界各地，除了新聞畫面，許多網紅也上傳了這些驚悚的影片。一部直昇機，上面載的是 CNN 的記者，拍下了整個沙加緬度市的慘況，許多建築物東倒西歪，地面上許多大洞，畫面最後停在州政府辦公室被壓毀的上方。

「你覺得這是什麼造成的？」余天成看著 CNN 的畫面問。

「可能是蚯蚓。」彭安定說。

「蚯蚓？」吳開懷一副不可置信的表情。

「沙加緬度市的周邊都是農業區，如果地下的蚯蚓全都突變了，確實可能引發這樣的災難。」彭安定說。

「基隆港的貨輪事件呢？」吳開懷問。

「是中國大陸的突變跳蛛，這是畫面。」彭安定播放跳蛛在基隆港附近街頭的畫面。

「我們該怎麼辦？」吳開懷問。

「用中國大陸的方法『誘捕』，我已經聯絡他們的專家，明天就會到台灣，麻煩部長報告總統，不要刁難他們，如果不趕快處理，等它們開始繁殖就麻煩了。」

「我懂了，我現在就告訴總統。」

「天成，要麻煩你跟怡柔了，這些跳蛛很厲害，千萬別低估它們。」彭安定說。

「我們會小心應付的。」余天成說。

有了中國大陸的蜘蛛專家李鐵刀、陳萬軍上校幫忙，余天成帶領的萬人誘捕部隊，七天內就在基隆市各地殺死了十七隻突變跳蛛。

「謝謝你們的幫忙！」彭安定說。

「別客氣，兩岸都是親兄弟嘛！」陳萬軍說。

「你我是多年的好朋友，何必這麼客套。」李鐵刀說。

「十五年了，沒想到我們已經認識那麼久了，走，我們去吃飯吧！」彭安定說。

「聽說台灣也有莫爾頓牛排館，可以去嚐嚐嗎？」陳萬軍問。

「當然可以，那裡的夜景很漂亮，就在 101 大樓旁。」
吳開懷說。

「你打算什麼時候處理紋白蝶的事？」莫爾頓牛排館裡，
靠 101 大樓這一面，李鐵刀問。

「等你們那邊的費洛蒙產量足以吸引全球的紋白蝶時。」
彭安定說。

「幼蟲跟卵呢？」

「要等所有幼蟲長大，所以要連續執行五到七次，我們
不能冒險。」彭安定說。

「你放心，化學博士吳曉倩跟李雅芬博士的合作很順利，
幾個月後就可以開始消滅這些大白蝶了。」陳萬軍說。

「合作愉快！」四人舉杯，喝了紅酒，為難得的兩岸合
作、也為了兩個博士多年的友情，以及兩個軍人之間的惺惺
相惜。

巨蟲來襲

拾捌：天敵現身

　　沒有離開印度的大型肉蠅，在此落地生根，很快的就把數量擴增，十幾隻肉蠅圍成一圈，吃一隻死亡的牛，一隻突變跳蛛悄悄接近，它奮力一跳，抓住其中一隻肉蠅，大約幾秒後，肉蠅就不再掙扎，跳蛛叼著肉蠅躲在一旁進食，其他的肉蠅飛走之後又飛回來，好像什麼事都沒發生。

　　此時，一隻龐然大物出現，是恐龍嗎？不，是四公尺長的壁虎，它悄悄靠近叼著肉蠅的跳蛛，接著以迅雷不及掩耳的速度咬住跳蛛，也把蒼蠅吞下，過了一會，它又小心翼翼地靠近那些肉蠅，抓住其中一隻後便消失了，肉蠅再度飛走之後又飛回來，繼續進食。

　　在中國雲南羅平的狀況很類似，五公尺長的壁虎悄悄的靠近養蜂場，那裡有幾百隻大型紋白蝶，壁虎很快就抓到一隻紋白蝶當大餐，它就停在養蜂場邊緣，而這是養蜂場附近的第五隻大型壁虎，如果從空中就看得到，它們平常都躲在山上，沒有目擊紀錄，加上它們不吃哺乳動物，所以它們還沒被列為危險的動物，雖然它們算是龐然巨物了。

　　「先別動這些大型壁虎，目前它們只吃大型昆蟲，沒有捕食哺乳動物跟雞、鴨的紀錄。」李鐵刀指著影片說。

「萬一它們吃人呢？」陳萬軍說。

「應該不會，這是空拍畫面，這裡有許多觀光客，可是壁虎都沒有伏擊的樣子。」

「如果它們改變習性呢？」

「到時再說吧！」

「出了事，你可要負責。」

「我知道，別擔心，該擔心的是紋白蝶跟費洛蒙。」

「肉蠅呢？」

「印度那邊很嚴重，不過他們的政府很消極，要用外交手段提醒他們，不然我們再怎麼努力也是白廢。」

「還有什麼要注意的？」

「找出突變的兇手，萬一人類也突變就麻煩了。」

「會怎樣？」

「世界末日。」

「這麼嚴重？」

「假設有一百萬人突變，這些人都身高 50 公尺，體重是 80 噸，他們的食量等於十億人的食量，也就是說一千萬

個巨人突變時，地球的資源就會不夠用，馬上會陷入搶糧食的戰爭，你覺得，我們打得過這些巨人嗎？」

「為什麼你會擔心這個問題？」

「過去一年來，我國剛出生嬰兒的平均重量 3856 公克，比過去十年的平均值高出八百多克，其中有十八萬多的小孩超過 6000 克，而去年下半年的數值也很接近，最重要的，這些小孩的食量跟成長速度都不正常，目前最重的紀錄是 37 公斤，身高 142 公分，她才十九個月大，其他的小孩都超過 25 公斤，身高都超過 110 公分。」

「才一歲半？」

「是的，我估計這些小孩可以長高到 10 至 15 公尺之間，也許更高，雖然還不到 50 公尺，但他們長大之後，彼此會談戀愛、組成家庭、生下後代，然後他們的下一代就可能更高大。」

「上頭知道了嗎？」

「當然知道！這是全世界的問題，目前列為追蹤的對象大約是 87 萬人，都是三歲以下的小孩。」

「有辦法解決嗎？」

「目前的做法只是調查父母的生長環境、食物、嬰兒食物，不過沒有結論，只是推測，可能是某種化學藥劑造成。」

「確定了嗎？」

「還沒，不過我的學生已經在做實驗，結果會在半年後揭曉。」

「勞煩您了。」

「別這麼說，能為人類盡一份力，是我的榮耀。」

「天成，這是剛剛收到大陸那邊的資料。」彭安定打開電腦，找了余天成，兩人正看著螢幕。

「大型壁虎？還有人類！」余天成看著壁虎的影片，下巴差點掉到桌上。

「新社那邊的團隊說，有一隻大蜥蜴，是常見的斯文豪式攀蜥，長度約六公尺。」

「有危險性嗎？」

「很難說，我建議你趕快找到它，然後……」彭安定比了一個割脖子的手勢。

「不能留活口嗎？」

「我也想，可是它的奔跑速度很快，就算直昇機也未必追得上，萬一開始繁殖，會造成生態浩劫。」

「我懂了。」

「今天找各位來，是有新的任務，就是它。」彭安定指著投影機上的蜥蜴。

「它目前的長度約六公尺，奔跑速度應該是時速 700 公里，也許更快。」彭安定接著說。

「所以我們必須練習同時對它開槍，誤差在 0.1 秒以內。」余天成對著八個狙擊手說。

靶場上，一隻大蜥蜴的照片，八個狙擊手在不同的位置，分別瞄準眼睛、脖子、身體、腿部，他們都戴上耳機，等待余天成的命令。

「5、4、3、2……」余天成倒數後，每個人都扣下板機，但時間有些微的差距。

「多練幾遍。」於是在練習了一個多小時後，他們搭著直昇機飛往新社。

「怡柔，它在那裡？」新社的幸福農莊旁，余天成問。

「跟我來吧！」三部車開到農莊最高點。

「還在嗎？」高怡柔問。

「它正在脫皮，已經一個小時沒動了。」劉邦德說。

「所有人就定位，三分鐘內完成射擊準備。」余天成說。

「風向跟風速？」高怡柔問。

「完全順風，無需考慮風速。」劉邦耀說。

「倒數十秒，5、4、3、2……」這隻大型蜥蜴被五百公尺外的八顆子彈打中身體，但只有眼睛跟後腿受傷，其他的子彈都未能貫穿。

「左半邊四人瞄準眼睛，右半邊四人瞄準後腿，5、4、3、2……」蜥蜴的眼睛原本就受傷，又被兩顆子彈射中，血從傷口流出，後腿也幾乎斷了。

「弓箭手預備，倒數十秒，5、4、3、2……。」高怡柔看著螢幕，用無線電發出命令，三隻特製的箭，箭頭非常銳利，箭身內裝有搖控炸彈，幾乎同時射出，就在命中之後，劉邦耀按下搖控器，結束了蜥蜴的生命。

「還有別的蜥蜴嗎？」余天成問。

「應該沒有了，我們用一百部空拍機，把新社、東勢都搜了十幾趟。」劉邦德說。

「和平跟太平呢？」余天成問。

「報告隊長，還沒搜索。」

「把範圍增加到苗栗縣的卓蘭、泰安，南投縣的國姓、埔里、仁愛，我們不能冒險。」余天成說。

「是，隊長。」高怡柔慢慢靠近余天成，脫去軍帽，把頭一甩，露出一頭秀髮、美麗的臉孔、溫柔的眼神，雙手環抱住余天成，兩人在幸福農莊的至高點擁吻。

拾玖：無敵巨蟲

　　有大型蝴蝶、蛾、虎頭蜂、寄生蜂、蜥蜴、肉蠅、跳蛛，以及蚯蚓之後，人們開始對生態關注了，各國的新聞報導也多了。一家電視台的女記者正在直播夜間新聞，她正在報導特種部隊射在新社殺斯文豪式攀蜥的行動，電視台位於台北市內湖區靠近山區的位置，大樓的外部是玻璃帷幕，在晚上非常明亮，忽然間，一隻身長 50 公分的綠色金龜子撞上了玻璃帷幕，它並未受傷，反而一直重複撞擊玻璃，沒多久，數十隻綠色金龜陸續到達大樓外，它們也是一直重複撞擊玻璃，其中一隻撞破玻璃，飛向電視台的直播攝影棚，並朝著專業用的燈光來回猛撞，這時導播示意將鏡頭轉向金龜子，記者則開始敘述現場狀況，接著燈光被撞破，金龜子被電擊而死，記者抱起金龜子的屍體，放在主播台前，繼續報導別的新聞，而這一陣混亂很快就成為國際新聞的頭條，在全世界各大媒體播放。

　　「你怎麼看？」國防部長吳開懷問。

　　「把附近燈光全關了，找一塊空地，用強光吸引它們過來就行了。」昆蟲博士彭安定說。

　　「天成，這件事就麻煩你了。」吳開懷看著他說。

　　「沒問題，我現在就去辦。」

「對了，燈光要用網子保護住，外面蓋上白布，這樣它們就會停在上面，你們會比較好處理。」彭安定說。

「了解，謝謝博士的提醒。」

「這是今天早上，登山客拍攝的照片跟影片，這是什麼？」吳開懷指著螢幕問。

「是獨角仙，它們爬到地面後，就會開始進食，也就是把光蠟樹的樹皮刨掉，然後吸食樹的汁液，只不過這一隻的體型太大了。」

「要怎麼抓他們？」

「用熟透的香蕉、鳳梨、蘋果引誘它們，它們通常不會離光蠟樹太遠，只要在光蠟樹附近布置陷阱即可。」

就在三人開會的時候，同樣位於台北市內湖區的一處水果店，飛來十幾隻大型獨角仙，連同犄角的身長超過一公尺，最大的那隻約二公尺，把店員跟顧客都嚇壞了，如同彭安定說的，它們開始啃食香蕉、鳳梨、蘋果，還有芒果、西瓜等。

其中一隻應該是不想再吃了，慢慢爬到馬路上，由於外殼的顏色是深咖啡色，在晚上不容易看到，所以它被一部機車撞上了，但它並沒有任何損傷，只是身體偏了一點點，倒

是機車騎士從它的背上飛了出去，滾了幾圈之後躺在地上，一動也不動，而機車則是倒在地上，外殼碎了一地。

當警察到場的時候，帶隊的警官下令對獨角仙開槍，不過，在一陣槍響後，他們停止了射擊。

「停……」帶隊的警官大喊。

「隊長，子彈根本打不穿啊！」

「我知道！請特種部隊來處理吧！」

於是，所有的獨角仙陸續爬到馬路上，其中一隻飛到管制區外，停在馬路中央，一部藍色休旅車來不及煞車，左前輪壓到獨角仙後翻車，獨角仙似乎毫髮未傷，振翅飛走了，其他的獨角仙停在原地，引來數百位民眾的圍觀，當然，有些人用臉書的直播將畫面傳了出去。

一個調皮的國中男生，穿著制服跑到最大隻的獨角仙正前方，將書包吊在犄角上，拿起手機自拍，沒想到獨角仙忽然張開翅膀飛上天，這個男生只好追著獨角仙跑了幾條街，幸好獨角仙停在人行道上，他才順利拿回書包，但是他剛剛的糗態已經被其他人直播，把畫面傳到世界各角落。

　　一部高級轎車，車主為了趕時間，開了遠光燈，以時速一百在馬路上狂飆，具有趨光性的金龜子朝車子飛過去，金龜子被撞得面目全非，但轎車主人驚嚇過度，將方向盤用力向左打，撞上對向的公車，駕駛當場變成肉餅，公車上的十幾個乘客沒有繫上安全帶，全都摔倒或是飛離座位。

　　「快下車，車子隨時會爆炸。」公車司機打開前後的門並大喊，乘客們在驚恐之餘，紛紛跑下車，但有一個小女孩還倒在走道上，余天成忽然從一部機車上跳下，機車倒地滑向數十公尺外，他則跑上公車抱起小女孩，到門口的時候，轎車爆炸了，余天成將小女孩往外一拋，他的女友高怡柔順勢接到她，高怡柔抱住小女孩倒在地上，逃過爆炸的火燄，不過，余天成就沒這麼幸運了。

　　醫院裡，高怡柔著急的在急診室外走來走去。余天成趴在病床上，醫師跟護士正在幫他把燒焦的衣服剪開，並且做了緊急的治療。

　　「還好只是一小部分是第三度的燒傷，只不過需要經常來複診，皮膚必須經過好幾年才能恢復。」醫師對高怡柔說。

　　「謝謝醫師。」

巨蟲來襲

貳拾：高峰會議

　　各種大型的昆蟲、蜥蜴、蜘蛛以及蚯蚓相繼出現，已經到達失控的狀態，各國決定合作，都派了至少一名高官、生態專家、軍官，參加此次的高峰會議，地點在台北，原因非常簡單，台灣的特種部隊經驗豐富，曾經成功的消滅三百公尺的巨蟒及它的數萬後代、大型鯰魚、鱷魚、虎頭蜂等，這是別的國家沒有的寶貴經驗。

　　「謝謝大家來到台灣，參加這次的會議，會議的時間長達三天至一周，每個人面前都有一個螢幕，會播放解決的方式，當然，你們也會拿到原始檔案，以供你們回國的時候當做參考，請於三天後提出你們的問題，沒有問題的國家可以先行回國，第四天開始，是討論解決方案，以及針對大型蚯蚓的問題。」彭安定用英文說了一長串。

　　冗長的會議非常累人，大家都像是在看災難片一樣，把目前所有的解決方式都一一看了一遍，也提出看法。

　　「吸引紋白蝶的費洛蒙，到底什麼時候可以使用？」越南的代表問。

　　「目前的產量約一半，還需要三個月。」中國的李鐵刀博士說。

　　「三個月後，我國的農作物早就被吃光了。」

「你們可以先用蜂蜜吸引它們，殺一隻算一隻。」彭安定說。

「這個方法只能延緩，不能根絕。」

「這是目前最有效的方式，我建議你，回國就立即執行，至於幼蟲，殘忍一點，拿尖銳的物品多刺幾下，它們很大，很容易發現的，如果你不想辦法控制數量，再多的費洛蒙也不夠用。」李鐵刀博士說。

「還有什麼問題？」彭安定問。

「有誰知道是什麼原因造成這些大型昆蟲出現的？」馬來西亞代表問。

「可能是農藥、植物激素、基因改造農作物。」彭安定說。

「你有什麼證據？」美國代表非常憤怒，因為這指的就是美國的公司。

「別生氣，各位請看螢幕，這些地點，就是這些大型昆蟲最早出現的區域，他們有一個共同點，以上三種因素都存在，而且都是使用美國蒙多公司的產品。」彭安定說。

「你別亂說，這會引起我們兩國的政治問題的。」美國代表說。

「彭博士沒有亂說，這本五百七十頁的調查報告，就是最好的證據，你要不要拿一本回去研究。」李鐵刀拿起桌上的資料，並示意助理把報告發給在場所有代表。

「這本報告最好是真的，不然美國政府會讓你們很難過。」

「我確定是真的，因為這裡面的農民包括了七十多個國家，他們都買了蒙多公司的產品。」彭安定說。

「既然彭博士這麼說，我就照實報告美國總統了。」

「這是當然。」

當美國代表爭得面紅耳赤的時候，美國那邊傳來可怕的畫面，眾人都目瞪口呆。

「這是剛剛發生的，就是美國本土的畫面，據說面積高達五千平方公里。」彭安定說。

「是蚯蚓造成的嗎？」美國代表問。

「蚯蚓加地震，美西發生六級的地震。」彭安定說。

「為什麼別的國家沒有發生？」美國代表問。

「因為美西的植物激素跟農藥用量超過標準五倍以上，不信的話可以跟蒙多公司調閱銷售資料。」李鐵刀說。

「你怎麼會知道我國的商業機密？」

「商業機密？哈……商業機密？」李鐵刀大笑。

「你笑什麼？」

「我是從財務報表跟外銷金額推算的，你不要告訴我，蒙多公司公布的資料是假的。」李鐵刀示意助理將一本商業雜誌交給美國代表。

「怎麼會這樣？」美國代表看了之後大驚。

「怎樣？這雜誌上寫的是商業機密嗎？」李鐵刀冷冷的看著美國代表，而美國代表開始沉默不語，他知道，這下美國將面臨巨額的求償，至少幾千億美元。

會議就在氣氛非常低迷的狀態下結束，各國也決定將代表留下，準備下周的第二次會議。

巨蟲來襲

貳拾壹：城市下陷

　　美國加州的沙加緬度市往東南方，一直到貝克斯菲爾德的這片區域，就是高峰會議中談到的地震區，一部直昇機正從空中拍攝，所到之處滿目瘡痍，到處都是農田下陷的畫面，許多穀倉、農用機具、汽車、貨櫃車都陷在坑洞裡面，當飛過沃斯科這個地方時，更是嚇人，整座城市幾乎全部在地平線之下十幾公尺，而直昇機繼續向貝克斯菲爾德飛去，城市的西半部下陷的更嚴重，簡直像是被隕石擊中般，深達百米，直徑達十公里的區域，房子倒的倒，歪的歪，到處都是火災，但消防隊無能為力，因為路都斷了。

　　「唉！這下真的是屋漏偏逢連夜雨，蚯蚓加地震。」彭安定跟國防部長吳開懷說。

　　「這只是前奏而已。」一個年約四十的美女忽然說。

　　「珊如？妳怎麼來了。」彭安定回頭看著她。

　　「好久不見，堂哥，是總統要我過來的，看能不能幫忙？」

　　「這位是國防部長吳開懷，這位是我的堂妹彭珊如，她是地質博士，這位是特種部隊隊長余天成、高怡柔，這位是中國的蜘蛛專家李鐵刀博士。」彭安定一一介紹現場的人。

　　「大家好。」

　　「妳剛剛說這只是前奏而已，是怎麼回事？」吳開懷問。

「如果再發生五級以上的餘震，整個區域還會再下陷更深，沙加緬度市可能會消失。」

「妳可以說清楚一點嗎？」吳開懷疑惑的看著她。

「這是我從美國那邊得到的畫面，這些蚯蚓比我們原先預估的還大上許多，原本的採樣，估計只有五到八公尺長，可是，這個洞的直徑約一公尺，也就是說這條蚯蚓的長度應該有六十公尺，如果它的後代又吸收了過量的植物激素，可能舊金山、聖荷西、洛杉磯都會不保，到時的畫面，恐怕會像是世界末日。」

「有什麼證據嗎？」彭安定問。

「還記得沙加緬度市的畫面嗎？比那個大上一千倍，甚至幾萬倍的範圍，你們覺得會發生什麼事？」彭珊如說。

就在彭珊如跟眾人說話的同時，洛杉磯發生了五級地震，靠近好萊塢的區域災情慘重，到處都有下陷，原本就下陷的貝克斯菲爾德因為靠近震央，下陷的直徑從十公里擴大到三十公里。接下來的幾十次餘震，讓整個洛杉磯滿目瘡痍，大樓有倒的、歪的、一半不見的，道路柔腸寸斷，整個城市陷入末日般。

「快打開電視。」高怡柔接了一通電話後說。

「怎麼會這麼慘？」吳開懷看著洛杉磯的畫面說。

「完了，我的預測成真了。」彭珊如說。

「有補救的辦法嗎？」吳開懷問。

「只有一個辦法，人類搬走，徹底消滅這些蚯蚓後再搬回來。」

「只有這個辦法嗎？」

「是的。」

貳拾貳：攻占全球

　　緊接著洛杉磯下陷事件後，大型紋白蝶飛過災區，繼續往東或往南，沒多久，整個美國都成為紋白蝶災區，墨西哥及中美洲相繼傳出災情，幾個月後，整個南美洲也全都淪陷，紋白蝶的分布範圍，幾乎涵蓋了全世界。

　　「謝謝出席第五次的會議，這次的重點是請各國將農作物分布圖交上來，我們將擬定消滅紋白蝶的計劃。」彭安定對著各國代表說。

　　「吸引紋白蝶的費洛蒙，到底什麼時候可以使用？」越南的代表問了跟第一次會議相同的問題。

　　「二周後，會空運至各國指定的機場，還有問題嗎？」

　　「我國也有蚯蚓的問題，有什麼解決的方法？」巴西代表問。

　　「人類搬走，減少植物激素的使用量，可以的話，抓一條就少一條。」彭珊如說。

　　「怎麼抓？」

　　「挖土機在下陷區正中央挖一個深五百公尺的大坑洞，然後在下陷區外圍使用炸藥，多炸幾次，它們就會往這個坑洞鑽，這樣就可以抓了，這是模擬圖。」彭珊如比著螢幕說。

「這麼麻煩？」

「不麻煩，你們現在不趕快抓，以後會漫延至整個亞馬遜流域，到時就沒辦法解決了。」

「那麼多人要搬走，要住那裡？」巴西代表問。

「我國可以派大型工程團隊幫忙。」李鐵刀說。

「那我就先替巴西人民謝謝中國了。」

「別客氣，這是全世界團結的好機會。」

「不安好心。」美國代表小聲地說，卻被旁邊的墨西哥代表聽到了。

「先管好你們自己的農民吧！如果大蚯蚓跑到墨西哥，我國一定要美國賠償。」

「賠什麼？你能證明蚯蚓是美國鑽過去的嗎！」美國代表忽然間大聲對墨西哥代表咆哮。

「沒關係，我會讓你這段話成為 CNN 的頭條新聞。」

「你敢！」

「為什麼不敢！我已經把畫面傳給他們了。」墨西哥代表做了一個鬼臉，美國代表氣得七竅生煙，就差沒把墨西哥代表給吃了，這時所有的人都看著他們，當然，現場直播的

畫面也是，這下子，美國代表的惡行惡狀，全天候在全世界各大媒體播放。

「請別再吵了，我們是來解決問題的，請不要製造不必要的紛爭。」彭安定說。

美國代表仍怒氣沖沖地瞪著身旁的墨西哥代表，墨西哥代表又做了一個鬼臉，這下不得了，美國代表起身，一拳揮向墨西哥代表，忽然間，余天成一手擋住這拳，四個維安的警察把美國代表架出會場。

「我們繼續。」彭安定說。

「萬一費洛蒙無效呢？」越南代表問。

「費洛蒙只是其中一種手段，我們已經在研究另一種方法，相信幾個月後就可以用了。」李鐵刀說。

「是什麼方法？」墨西哥代表問。

「別急，等到實驗成功，你自然會知道。」

「這麼神祕？」墨西哥代表說。

「不是神祕，只不過是還沒看到成果，不想讓大家有太多期望。」

　　而因為會議直播公布了大型紋白蝶的成蟲、蛹、各齡幼蟲及卵的影片及實際尺寸，各國農民開始努力抓蟲，一時之間，網路上最火紅的影片幾乎都是跟紋白蝶相關的。更有農民製作了如何找到蟲卵的影片而聲名大噪，點閱次數竟然超過一億次，片段更登上各國媒體。

　　「天成，你的傷好點了嗎？」彭安定問。

　　「好多了，謝謝博士關心。」

　　「明天要麻煩你飛一趟印度，幫他們解決肉蠅的問題。」

　　「其他國家呢？」

　　「這是行程表，希望你這次能夠讓全世界看見台灣的實力，總統對你的期望很高。」彭安定拿了一本企劃案給他。

　　「這麼多國家？」余天成只看了國家列表。

　　「這些國家的步槍都不夠多，所以中國派了陳萬軍上校跟你合作，也提供二十萬把步槍，跟幾億發的子彈。」

　　「這麼大方？」

　　「中國想趁這個機會，告訴全世界，他們是注重人權的，他們也可以取代美國。」

　　「說的也是，這一連串的事件，美國已經自顧不暇。」

　　「唉！我在十幾年前就曾經提出警告，不可以濫用人造植物激素，只可惜美國商人聽不進去，他們眼裡只有錢，現在，美國將因為這次的事件付出慘痛的代價。」

貳拾參：費洛蒙的誘惑

　　數萬桶費洛蒙從中國的生產基地陸續運出，貨車到了機場之後，再搬上貨機，到達各國的機場後，迅速被載運到指定的位置，這些位置都有數個巨型的誘蝶器，將費洛蒙放置在正中央後，等待巨型紋白蝶前來交尾。

　　新社花海的場地，發生的虎頭蜂事件之後，政府就將此地封鎖，此刻，除了數百名軍方人員之外，還聚集了十多部電視台的轉播車，以及生態相關科系的學生數十人，數百位業餘攝影師則在外圍，用長焦段的鏡頭等待拍攝。

　　「辛苦妳了。」彭安定對李雅芬博士說。

　　「那裡，你才辛苦了。」

　　「妳覺得會成功嗎？」

　　「應該沒問題，我們在中國，用巨型紋白蝶試過了。」

　　「那就開始吧！」

　　「開電扇。」余天成下令之後，現場數十部大型電扇吹向四周，眾人屏息以待。

　　「怎麼都來小隻的？」過了一會，智華問黃一明博士。

　　「別急，再等一會。」李雅芬說。

　　「隊長，它們來了。」空拍組的人員回報余天成。

　　空拍機傳來的畫面，分別顯示在四部大電視上，並透過電視台的直播，立即呈現在全世界各角落。畫面是從四個高點拍攝，各個方向飛來的巨型紋白蝶，才不到一小時，就聚集上千隻紋白蝶在此交尾，軍方人員早已開始捕捉它們，忙得不可開交。

　　「相信大家都看到畫面了，麻煩用相同的方法捕捉它們，相信再三到五次，就可以完全消滅它們。」此時，轉播的畫面是彭安定在新社花海指揮處的畫面，旁邊還有黃一明、李雅芬、余天成、高怡柔等人，他們的正前方，是數十架的攝影機、攝影師、記者。

　　連續三天的誘蝶，幾乎中部所有的巨型紋白蝶都在新社被捕捉，而在各縣市設置的誘蝶點，狀況都差不多，而在越南，參加高峰會議的代表撥了電話。

　　「謝謝你，彭博士，我代表全越南的農民，謝謝你。」

　　「這是我該做的，效果怎麼樣？」

　　「非常好，總共捕捉到三萬多隻。」

　　「這麼多？」

　　「是啊！我也很意外。」

「別的區域都是幾千隻，只有貴國的數據比較特別。」

「我也不知道為什麼？」

「接下來，每十天要誘蝶一次，每次三天。」

「我知道，我們已經有準備了。」

貳拾肆：生化小繭蜂

　　新社的宜創種子公司昆蟲實驗室，目前被政府徵用，由彭安定負責祕密實驗。實驗室有數十間透明的大房間，每間都有三至十條不同齡別的巨型紋白蝶幼蟲，正在大口吃高麗菜，長度為十到八十公分之間，而裡面還有一種昆蟲：小繭蜂，它們是經過人工培育的，長長的觸鬚、黑色而瘦長的身體、淡橘色的腳、透明的翅膀帶有彩虹的反光。

　　「怎麼樣？可以用嗎？」黃一明博士問。

　　「不行。」彭安定說。

　　「有什麼問題嗎？」兩人站在其中一間房間外討論。

　　「它們只能在一齡的幼蟲身上產卵，所以一齡的幼蟲都死了，只有一隻二齡的幼蟲死亡，再大一點的幼蟲都沒有影響，可能是表皮已經太堅韌，產卵管無法穿透。」

　　「你的意思我不是很懂？」

　　「萬一它們被放出去，沒有在紋白蝶幼蟲身上產卵，而是在其他蝴蝶的幼蟲身上產卵，那會造成生態浩劫的。」

　　「這倒是個大問題。」

　　「還是多用幾次費洛蒙好了，雖然很麻煩。」

　　「對啊！它們會掉粉，而且竟然會造成過敏。」

「戴口罩處理就不會啦！」

「也只好如此。」

「之前的寄生蜂都處理好了嗎？」

「我已經請九五幻術會幫忙處理，應該很快就有結果。」

「真沒想到，我們竟然需要道士幫忙。」

「他們不是道士，他們是半人半神。」

「怎麼說？」

「你還記得你的好朋友吳興邦博士嗎？」

「當然記得，他闖的禍不比這次的事件小。」

「最大的蟒蛇，就是靠九五幻術會殺死的。」

「這麼厲害？」

「聽說他們可以回到過去，也可以預知未來。」

「怎麼可能？」

「是真的，我曾經好奇的讓陳金海師傅幫忙，我在那次得到了很大的啟示，不要妄想改變未來，冥冥中自有定數。」

「不懂！」

「他那時就告訴我，會發生這一連串的大事，我問他是否能阻止，他說：天意如此，切莫干預。」

「干預了會怎樣？」

「地球會被巨人統治。」

「還是不懂。」

「總之，會出有數千萬的巨嬰出生，他們長大後會統治地球，但如果不干預，他們會在一個大島上過生活，並且幫助人類。」

「這麼玄？」

「他還說，這些小孩已經開始出生，有些已經長的很快，快到難以想像。」

「真是讓人無法相信。」

「我當時也半信半疑，但他當時就告訴我，我會是這次巨蟲事件的關鍵人物，等總統打電話給我那一刻，我才明白陳金海的話。」

「所以，人類的下一個災難是這些巨人嗎？」

「是不是災難，要看人類怎麼面對他們？如果是合作，就能和平相處，如果想消滅他們，地球就會被巨人統治。」

「這麼可怕？你真的相信他的話？」

「相信，這次的災難，到目前為止，他說的都發生了。」

「剛剛你說他們是半人半神？」

「沒錯，以陳金海來說，他的肉身早就死了，之後換了三次肉身，所以，現在的他，是附身在別人身上活著。」

「可是，原本的人怎麼辦？」

「聽說被他附身的人都曾經患有精神病，等他把病治好了，他就會把身體還給本來的主人。」

「這麼神奇？」

「的確，他就是這樣的一個人，或者，我們應該說他是半人半神。」

「這麼說，我的表妹有救了。」

「也是精神病嗎？」

「是啊！為情所困。」

「等這次的事情落幕，我再請他幫你。」

「那我就先謝謝你了。」

「我們都幾十年交情了，客氣什麼！」

「對啊！我們從高中就同班，同學當了十四年，以前是為了興趣唸昆蟲系，沒想到現在要運用專業來消滅這些突變的巨型昆蟲。」

「唉！希望事情趕快結束，大家都能恢復正常的生活。」

貳拾伍：巨蚊再現

　　台中市的后里馬場，入夜之後只剩下兩個守衛，由於晚上幾乎不可能有人會來，而且第二天不開放，所以兩人就買了一些滷味，還有兩打啤酒，準備大醉一場。

　　「聽說台灣已經把全部的大型昆蟲消滅，終於可以鬆口氣了。」

　　「關你什麼事啊！把這些馬顧好比較重要。」

　　「話不能這麼說，我聽說中國大陸的大蚊子會吸馬的血。」

　　「喝吧！台灣又沒有大蚊子。」於是兩人各喝了 12 瓶啤酒，醉倒在沙發上。

　　此時的馬廄，30 公分的白線斑蚊又出現了，而且是成群結隊，它們除了吸食馬的血，也吸食這兩個守衛的血，兩人就在半夢半醒的狀態下被十幾隻蚊子吸乾，當他們被發現的時候，已經是半天後了。

　　「警官大人，看得出來，他們是怎麼死的嗎？」馬場的人問。

　　「皮膚上都有直徑一公分的洞，血液好像都不見了，真奇怪。」

「隊長，你看。」一位員警比著天花板暗處，那裡停著五隻巨蚊，每隻的肚子都鼓鼓的，而且是深紅色。

「是蚊子嗎？」隊長問。

「應該是。」

「那有這麼大的蚊子？」

「為什麼沒有！既然蝴蝶、虎頭蜂都有突變，難道蚊子就不會突變嗎？」

「說的也是。」

「要怎麼辦？」

「打下來啊！一人瞄準一隻，聽我的倒數。」

「5、4、3」四名員警掏出手槍，並同時開槍，蚊子中槍後掉到地上，血濺得到處都是。

「真可怕。」員警說。

「局長，麻煩你聯絡彭安定博士到馬場來一趟，這裡發現了大蚊子。」隊長撥了電話說。

「好，你們先別離開，他正在新社，應該一小時內可以到，等我的電話。」

「是白線斑蚊。」彭安定說。

「怎麼會這麼大？」余天成問。

「我也不知道，這下麻煩了。」

「什麼意思？」

「它們會在水中產卵，很難找的。」

「那怎麼辦？」

「找陳金海師傅幫忙吧！」

「對呀！我怎麼沒想到他。」

「每次找我都沒好事。」陳金海說。

「別這樣嘛！這次的事情比較棘手。」余天成說。

「等九五幻術會的人全到齊再說，我一個人忙不過來。」

「最近在忙什麼？」

「在美國抓大蚯蚓啊！」

「原來是這樣。」

「本來我們是不想去的，不過美西住了很多華人，所以我不希望他們的災害繼續擴大。」

「抓完了嗎？」

「昨天才抓到最後一隻，總共幾百萬隻啊！累死人了，才剛下飛機，就被你找來。」

「真是抱歉，我也不想的。」

「沒關係，反正要等，我還可以睡兩天大頭覺。」

三天後的中午十二點，九五幻術會的成員到齊，他們的徒弟也全都來了，因此共有三百多人，他們全都盤坐在台中洲際棒球場的草地上，吸收太陽的能量，過了半小時，九十五人開始追查蚊子的下落，兩百多個徒弟圍住他們護法。

「還好，只有一千多隻，把大甲溪的空拍圖調出來。」陳金海說。

「等等。」余天成說。

「這些地方就是幼蟲目前的位置，你們有三個小時可以找到它們，今天傍晚會下大雨，到時就難找了，而且溪水會暴漲，一定要告訴隊員，不可以貪玩，我看到有一個傢伙被沖走了。」陳金海一面說一面把地圖上的位置標示出來。

「是誰？」

「姓郭，名字看不到。」

「是郭長志，要直說嗎？」

「不行，只能暗示，不然被沖走的會是你，或是你最關心的人。」

「這麼可怕？」

「別不信邪。」

「我知道了，我一定會暗示他們的。」

　　特種部隊的成員，分別到了三十五個地點，穿著潛水裝，下到大甲溪抓蚊子幼蟲，也就是孑孓，而九五幻術會的人，也到場幫忙尋找，只見他們坐在石頭上，閉上眼睛，徒弟則在旁邊護法。

　　「靈魂出竅，移魂入體。」陳金海唸唸有詞之後，便附身在水中的余天成身上，余天成很快就抓到十幾隻大孑孓，其他人也一樣，這時已經下午五點。

　　「快走吧！我不想被沖走。」陳金海的靈魂回到自己的肉身後，起身告訴剛上岸的余天成。

　　「剛剛是怎麼回事？」

　　「移魂入體啊！就是我的靈魂進入你的身體，所以是我在控制你的行動。」

「我懂了。」他們一面往岸上走，一面聯絡。

「報告隊長，郭長志還在水裡。」無線電傳來消息。

「拉他上岸。」余天成說。

「可是，我們的氧氣都用光了。」

「你們在那裡？」

「第 13 個點。」

「你們先上岸吧！別等他了。」此時真的下起傾盆大雨。

「他為什麼沒上來？」余天成問。

「他喜歡潛水啊！看到那麼多漂亮的溪魚，怎麼可能捨得上岸。」剛剛用無線電回報的人說。

「金海師傅，來得及嗎？」

「來不及了。」

「難道要我見死不救。」

「你看。」陳金海等人，站在一座橋上，他比著上游一公里不到的地方，滾滾的泥水正朝著下游沖過來。

「完了。」

於是郭長志被大水沖走，遺體在大甲溪口的濕地上被找到。

「別難過，這是他的宿命。」陳金海看著屍體說。

「宿命？」

「是啊！就像是死在深潭跟巨蟒事件的人一樣，我們已經盡力了，懂嗎？」

余天成擦去眼角的淚水，把屍體抬上擔架，跟劉邦德一前一後的，把屍體運到馬路上。

「再見。」陳金海跟余天成道別。

「什麼時候能再見到你？」

「最好別見，每次見面都發生大事。」

「說的也是。」

陳金海目送車子離開後，走到堤防上，獨自坐在那裡欣賞美麗的夕陽。

貳拾陸：真相大白

「要發布嗎？」總統府裡，吳開懷問總統。

「找彭博士發布吧！」

「我懂了。」

「總統答應發布了。」吳開懷說。

「其實，沒必要徵詢他的同意。」彭安定說。

「為什麼？」

「雖然實驗室設在台灣，可是參與的國家有七十五個、一百九十個知名的教授，這是國際事件。」

「經過各國繁瑣的實地調查，還有實驗室反覆的測試，最終確認造成昆蟲突變的主因，就是蒙多公司的多樣產品造成。」記者會上，彭安定說完又接著說，台下一陣騷動。

「這是七十五個國家，一百九十個教授的簽名，我們一致認為，蒙多公司要為這件事負全責。」彭安定秀出一分文件，所有的記者都拿到了電子檔。

然而事情並未真正落幕，全球 150 萬的巨嬰或巨童，他們未來會長到多高？沒有人知道，因為已經出現五歲的小孩，身高超過三公尺，根據一名教授的判斷，這個小孩可能會長

到 12 公尺，甚至更高，至於會發生什麼事？那是五年十年後了，先把巨蟲都完全消滅，才是各國政府的當務之急。

全文完

巨蟲來襲

後　記

　　原本是要把巨蟲島也就是台灣單獨寫一篇的，而跳蛛跟寄生蜂放一起，後來想一想，不如兩篇合併，並衍生出第三篇攻占全球，但那樣會把原先設定的劇情全部破壞，經過一番掙扎後，乾脆重新設定，後來還增加了大型壁虎、蜥蜴、蚯蚓、獨角仙，還有巨嬰，才有了現在的版本。

　　人類總是想要扮演上帝，控制這個，控制那個，然後發現什麼都控制不了，最糟糕的是連自己都控制不住，反而被權力、欲望、金錢、愛情、虛名所控制，深陷泥沼之中。

　　在此要替主角們洗刷一下冤屈，或許紋白蝶、小菜蛾、斜紋夜蛾對農作物有傷害，但目前的防治方式已經可以將它們抄家滅族，所以要看到大量的它們也不是那麼容易的，肉蠅雖然很討人厭，但它們是食物鍊中很重要的一環，例如跳蛛即蠅虎就很愛吃蒼蠅，雖然它們也吃蛾或其他昆蟲，很多植物也靠蒼蠅授粉，所以並不是一無是處，而看到跳蛛就別打它了，因為它可以幫我們除蟲喔！

　　至於最兇猛的虎頭蜂，我個人也是滿害怕的，記得有一次在光蠟樹下拍攝獨角仙交尾，正當我找到最棒的角度時，兩隻中國大虎頭蜂從我左耳邊飛過，還好它們只是為了要跟獨角仙搶樹液喝，等它們開始吸了半分鐘後，我開始把鏡頭緩慢靠近，每秒大約前進一公分，最後，我成功的把鏡頭停

在虎頭蜂旁邊約五公分的位置，幫它拍了一些大頭照跟側面照，在此要奉勸想要拍攝的人，如果你不能慢慢靠近它們，就會被視為威脅，那麼是有可能被攻擊的，待我拍完之後，赫然發現周邊的十幾棵光蠟樹上都有虎頭蜂，除了上百隻中國大虎頭蜂，還有數百隻黑腹虎頭蜂，能夠全身而退，應該是它們在進食，不是在保護蜂巢，所以攻擊性降低了。

　　說明一下寄生蜂，它們有分外寄生跟內寄生兩種，所謂外寄生是將宿主捕捉並麻痺，將卵產在宿主體外，幼蟲是從體外向體內吃宿主。內寄生就是我們的主角之一，將卵產入宿主體內，只是，如果它們真的因為突變後變大，是否會寄生人體就不知道了。後來被昆蟲博士改造的是黃色型的小繭蜂，它們會把卵產在紋白蝶幼蟲體內。

　　上完了自然課，有沒有覺得我太壞了，怎麼可以這樣醜化它們？但其實我真的是非常喜歡昆蟲。為了怕大家誤會這些昆蟲，所以在後記裡特別寫了一些基本的東西，讓大家對它們更了解。

國家圖書館出版品預行編目資料

巨蟲來襲／藍色水銀　著.—初版.—
　臺中市：天空數位圖書　2021.01
　面：公分
　ISBN：978-986-5575-19-9（平裝）

863.57　　　　　　　　110000971

書　　　　名：巨蟲來襲
發　行　人：蔡秀美
出　版　者：天空數位圖書有限公司
作　　　者：藍色水銀
編　　　審：此木有限公司
製 作 公 司：君溢有限公司
版 面 編 輯：採編組
美 工 設 計：設計組
出 版 日 期：2021 年 01 月（初版）
銀 行 名 稱：合作金庫銀行南台中分行
銀 行 帳 戶：天空數位圖書有限公司
銀 行 帳 號：006-1070717811498
郵 政 帳 戶：天空數位圖書有限公司
劃 撥 帳 號：22670142
定　　　價：新台幣 310 元整
電子書發明專利第　Ｉ　306564 號

Family Sky

紙本書編輯印刷：
電子書編輯製作：
天空數位圖書公司　E-mail：familysky@familysky.com.tw　http://www.familysky.com.tw/
地址：40255台中市南區忠明南路787號30F國王大樓　Tel：04-22623893　Fax：04-22623863